장계향,
조선의 맛을 글로 쓰다

장계향,
조선의 맛을 글로 쓰다

설 흔 지음

주니어김영사

서문을 대신하여

장계향(1598-1680)이라는 이름이 낯설 수도 있겠다. 《음식디미방》이라는 책을 쓰신 분이다. 1999년 11월 1일 자 〈경향신문〉 기사를 인용한다.

말년에 쓴 요리책 《음식디미방》은 17세기 조선 중기 생활사를 밝히는 명저로 남아 있다.

디미는 지미(知味)이며, 방(方)은 방법이다. 그러므로 《음식디미방》은 '음식의 맛을 아는 방법'이라는 뜻이다. 모두 합해 146가지에 이르는 우리 고유의 조리법이 소개되어 있다.

장계향의 삶에 대해 파악하기에 좋은 책 두 권이 이미 나와 있다. 《장계향 조선의 큰어머니》는 정동주 선생이 지은 일종의 전기다. '일종의'라고 표현한 것은 허구로 보이는 내용이 곳곳에 등장하기 때문이다. 《선택》은 이문열 선생이 쓴 일종의 소설이다. 또다시 '일종의'라고 표현한 것은 소설이라고 보기 어려운, 일종의 논평에 가까운 부분도 꽤 있기 때문이다. 두 책의 성과를 논하는 것은 나의 능력을 벗어난다. 두 책의 장르에 이의를 제기하는 것도 아니다. 내가 하고픈 말은 이 두 책을 함께 읽으면 장계향의 삶에 대해 어느 정도는 윤곽을 그릴 수 있게 된다는 것이다.

　이 두 책이 이미 나와 있는 마당에 장계향에 대한 또 다른 글을 쓰는 게 의미가 있을까 싶었다. 더 큰 문제는 내가 요리에는 문외한이라는 데 있었다. 가끔 스파게티나 볶음밥을 만들기도 하지만 요리사만큼 훌륭한 요리 솜씨는 결코 아니다. 그래서 나는 내가 가장 잘할 수 있는 분야에만 집중하기로 했다. 장계향이 만든 음식에 대한 일곱 개의 '환상적인' 이야기를 만들어낸 것이다. 내 입으로 '환상적인' 이야기라 말하는 건, 이 책을 집어든 분들이 앞으로 읽게 될 내용은 픽션이라는 걸 강조하기 위함이다. 음식 조리에 관한 부분은 크게 신뢰하지 말라고 당부하고 싶다.

'환상적인' 이야기들의 완성도에 대해 내가 뭐라 할 바는 아니다. 다만 장계향이라는 사람, 그리고 장계향이 만든 음식이 흘러가버리고 사라져버린 과거는 아니라는 사실을 보이기 위해 노력을 했다는 것만큼은 강조하고 싶다. 장계향이 평생을 바쳤던 음식 조리의 의미가 어디에 있는지 밝히기 위해, 단순히 음식만을 소개하는 구성을 넘어서기 위해 내가 할 수 있는 노력을 어느 정도 기울였다는 사실만큼은 밝히고 넘어가고 싶다.

말이 길었다. 이제 서둘러 책장을 넘기길 바란다.

설흔

차 례

❀❀❀

1장 계란탕

일찍이 베를 짜셨다. 어린 여종이 실수로 절반쯤 불에 태웠다. 어머니께서는 얼굴빛도 바꾸지 않았다. 아무 일도 없었던 것처럼 일에만 몰두할 뿐 책망하거나 화내지 않으셨다. 사람들이 그 도량에 감탄했다.

《정부인안동장씨실기》 중에서

내가 본 건 분명 낡고 어두운 대문이었다. 늙고 지친 얼굴에 새겨진 주름처럼 곳곳마다 치명적인 금이 새겨진 구제불능의 오래된 대문이었다. 한참 바라보다 보니 문득 누군가 혹은 무엇이 그리워져서 자는 아이 볼 만지듯 문얼굴에 조심스레 손을 대었을 뿐, 그런데 어느새 나는 방 안에 있다. 도깨비 뜀박질 같은 어지럽고 급작스러운 이동에 어리둥절한 것도 잠시, 곧바로 손바닥으로 입을 막는다. 어둠이 고요히 잠들어 있는 공간엔 나 말고 또 다른 존재가 깨어 있다. 여인이다. 나이 든 여인. 노부인은 가난한 양반처럼 정갈하다. 오랜 세월 함께한 참빗으로 단정히 빗어 쪽을 지은 후 소박한 호두잠을 꽂아 완성한 머리는 온통 하얗게 세어 어둠 속에서 도리어 환히 빛난다. 암자에서 수련하는 도인처럼 등을 꼿꼿이 펴고 정좌한 노부인은 눈을 감은 채 주문 비슷한 문장을 읊조리는 중이다.

    닭 우는 소리에 잠에서 깨어나면
    생각도 함께 일어난다.
    어지러운 마음을 머리 빗듯 가다듬는 것,
    그대가 눈 뜨고 제일 먼저 해야 할 일…….

  마음 우물의 밑바닥에서부터 울리는 목소리다. 뜨거운 계절을 견디며 자라난 파초 이파리가 바람을 거스르지 않고 자연스레 흔들리면서도 결국은 제 위용을 발휘하듯, 상쾌하면서도 단단한 목소리다. 좋다. 참 좋다. 이 목소리, 이 아름다운 목소리, 이 힘 있는 목소리, 어디선가 들어본 적이 있다. 노부인이 곡조 없는 노래 부르듯 길고 짧은 운율에 맞춰 읊은 구절 또한 마찬가지다. 그렇지, 《숙흥야매잠》이었지!
  《숙흥야매잠》은 부지런한 삶을 꿈꾸는 자들의 경전이다. 숙흥야매(夙興夜寐)는 남보다 일찍 일어나고 남보다 늦게 잠드는 삶의 방식을 일컫는다. 생존을 위해 육체가 요구하는 잠을 최소로 줄이고 정신을 고양하기 위한 공부와 일에 전력을 다하는 것. 절제와 몰입이 만들어

내는 지고의 경지! 《숙흥야매잠》은 고명하신 퇴계 선생께서 선조 임금에게 바쳤던 《성학십도》의 마지막 장이기도 하다. 처음이나 중간이 아닌 마지막, 열 번째에 배치했다는 사실에 주목해야 한다. 다른 사람도 아닌 퇴계 선생께서 이 숙흥야매를 죽을 때까지 새기고 또 새겨야 할 최후의 강령으로 인식하고 있었다는 확실한 증거인 셈이니까.

내가 머리를 바쁘게 움직여 내놓은 결론에 스스로 놀란다. 누구인지 도무지 알 길이 없는 이 노부인의 목소리는 도대체 왜 이리 익숙한 걸까? 선비들의 강령인 《숙흥야매잠》에 대해 성실한 퇴계학도처럼 줄줄이 꿰고 있는 까닭은 또 뭘까? 벽에 걸린 글씨들이 암호처럼 보이는 걸 보니, 아마도 나는 공부와는 별 인연이 없는 사람 같은데.

해답은 이 방 안에 있겠지. 그래서 내가 지금 여기 있는 것이겠지. 커질 대로 커진 궁금증을 더 참지 못하고 노부인 쪽으로 한 걸음을 옮긴다. 한 걸음, 또 한 걸음 도둑고양이처럼 발끝을 세우고 조심스럽게 세 걸음을 막 옮겼을 때 노부인이 갑자기 눈을 뜬다. 우리의 눈이 마주친다. 노부인의 눈이 커진다. 두려움보다는 반가움에 가까운 눈빛이다. 노부인은 이내 입꼬리를 올려 웃음까지 짓는다. 이상한 사람이다. 해 뜨기도 전에 찾아온, 지나치게 때 이른 혹은 때늦은 침입자를 보고도 당황하는 기색이 전혀 없다. 노부인의 웃음엔 오히려 고운 글자가 들어 있다. 입가엔, 두 눈엔, 눈썹엔, 아니 얼굴 전체엔 뜻밖에도 환대라는 단어가 꿀처럼 고르게 녹아 흐르고 있다. 당황스럽다. 정신을 바짝 차려야겠다. 나는 도망가지 않을 것이다. 그러나 너는 이미 오래 헤매 다녔다고, 내 본능이 귀띔해준다. 지금은 해답을 얻어야 할 시간. 무섭더라도 버티고 서서 진실을 찾아내야 한다.

나는 왜 여기에 있는가?

노부인은 왜 나를 환대하는가?

버티고 서자, 하고 결심했으나 난생처음 겪는 난처한 사태라 난감함을 싹 지워버릴 수는 없다. 일단은 노부인을 따라 웃기로 한다. 웃음을 분노나 경악으로 되갚을 수는 없는 일이니. 무지해도 그 정도는 알기에 웃는다. 입을 꼭 다물고 노부인처럼 입꼬리만 살짝 올려, 배를 타고 막 도착한 이국의 눈부신 환대에 아직 익숙하지 않은 외국인처럼 어색하게 빙긋 웃는다.

두툼한 파초 이파리처럼 푸르고 튼튼해서 무거운 노부인의 목소리가 방 안을 가득 채운다.

"왔구나."

"왔지요."

"정말 왔구나."

"그런 것 같아요."

"다시 널 보다니 믿기지가 않는구나."

"저라도 그럴 것 같아요."

"지난밤 꿈에서 보았던 모습과 똑같구나."

"그렇군요. 다행이네요."

노부인의 말에 일일이 응대하자 노부인이 또다시 소리 없이 웃는다.

내 대답이 장난스러웠다고 느끼는 이도 있겠다. 무례한 답을 내놓을 마음은 전혀 없었다는 사실만큼은 분명히 밝히고 싶다. 떨리고 난처한 상황이었음에도 노부인의 말에 아 하면 어 하고 정신을 놓은 채 무신경하게 맞받아친 게 아니다. 네, 그건 이렇겠지요, 저건 저렇겠지요, 하고 정중하게, 나름대로는 노부인의 마음을 생각하며 최선을 다해 착실히 응대했다. 나도 안다. 최선이 항상 좋은 결과를 가져오지는 않는다는 사실을. 한 문장도 빠뜨리지 않고 꼬박 성의껏 대답했음에도 머릿속은 밝아지기는커녕 여전히 등불 없는 그믐밤처럼 깜깜하기만 하다. 꿈에서까지 나를 보았다는 노부인이, 그리움 잔뜩 묻어나는 어투로 보아 나를 간절하게 보고 싶어 했던 게 분명하다. 하지만 나는 이 노부인이 도대체 누군지 가느다란 실마리조차 못 잡고 있다.

"네가 날 기억이나 할는지 모르겠다. 내게 너는 기억해야 할 사람이었다."

"솔직히 말씀드려도 될까요?"

"솔직함은 어느 세계에서나 환영받는 미덕이지."

"마님이 누구신지 도무지 모르겠습니다."

"그럴 테지."

"그래도 괜찮은 건가요?"

"괜찮고말고. 어쩌면 당연한 일이기도 하고. 삶에 대한 기대로 심신이 활발했던 그 시절의 너에게 나는 관심을 가질 만한 존재는 결코 아니었을 테니."

묘한 말이다. 이것은 비난인가, 원망인가, 인정인가, 단순한 사실 확인인가? 주머니에서 적당한 응대를 꺼내 쓰려 해도 말이 따라 나오지 않는다. 어렵다. 불편하다. 진땀이 흐른다. 이쯤 되면 곳곳에 함정이 도사리고 있는 어두컴컴한 미로의 방을 두툼한 안대를 착용한 채 걷는 거나 마찬가지다. 도대체 왜 나는 미로에 진입한 걸까? 안대는 또 왜 착용했을까? 머릿속은 온통 뒤죽박죽인데 아무 일도 없는 것처럼 계속 어색한 웃음만 짓고 있기도 좀 피곤하고 민망하다. 코끝을 살짝 찡그리며 할 말을 찾아 헤매는 순간, 노부인이 가느다란 손을 들어 내 손을 잡는다. 따뜻하다. 그래, 그것이 첫 느낌이었다. 노부인의 몸을 지탱하는 온기가 단번에 쭉 머뭇거리지도 않고 내게로 다가온다. 맥박과 핏줄과 마음도 함께 다가온다. 흐르고 울리고 뜨듯하고 묵직한 이 복합적인 감각이라면 익숙하다. 마음에 드리웠던 어둠이 비로소 밝아진다. 그렇다. 나는 이미 알고 있었다. 이 감각을, 이 온기를, 이 느낌을. 비록 내 기억 속의 맥박보다는 느렸고, 내 기억 속의 핏줄보다는 묽었고, 내 기억 속의 마음보다는 평온하거나 지쳐버렸지만. 노부인은 내 손의 맥박과 핏줄과 마음을 느껴보려는 듯 조금 세게 쥐어본다. 이미 늙어버린 사람의 악력은 의지와는 달리 오래 유지되지 못한다. 노부인은 맥없이 손을 놓으며 말한다.

"먼 길 오느라 시장하지?"

말을 듣기 무섭게 배에서 꼬르륵 소리가 난다. 노부인의 질문과 나의 배가 보이지 않는 끈으로 연결된 것 같다. 노부인의 말은 적확하다. 화살 하나로 과녁을 제대로 꿰뚫었다. 맞다. 나는 몹시 배가 고프다. 이제 나는 내가 여기에 선 이유를 안다. 나는 오직 주린 배를 채우기 위해, 입안에 제대로 된 음식 한 가지를 넣기 위해, 이곳을, 노부인을 찾아온 것이다.

"뭘 제일 먹고 싶으냐?"

"계란탕이오."

대답을 하고도 놀란다. 노부인의 질문이 끝나기 무섭게 대답이 튀어나왔다. 마치 입천장에서 내내 기다리고 있었던 것처럼.

"역시 계란탕이로구나."

노부인은 '역시'라는 표현을 썼지만 머릿속이 온통 안개로 덮인 나는 덧붙일 말이 없다. 계란탕이 튀어나온 이유를 모르는 내게 우리 둘 사이에 있었을 모종의 과거를 암시하는 단어인 '역시'는 그저 또 다른 의문이자 어둠이다. 미로에 교묘하게 놓여 눈 가린 나를 속이려는 음험한 장애물일 뿐이다.

"네가 떠나기 얼마 전에 있었던 작은 사건 하나를 오래된 기억 속에서 꺼내놓고 싶다. 아마 넌 잘 몰랐던 일일 수도 있겠다. 괜찮겠느냐?"

"괜찮고말고요."

"아무래도 표현은 좀 고쳐야겠다. 사건이라 부르기엔 좀 뭐하구나. 계란 국수를 만들려고 닭장에서 꺼내놓았던 계란 두 알이 감쪽같이 사라졌을 뿐이니까."

"그것도 사건은 사건이지요. 누가 죽거나 다치는 끔찍한 일만 사건은 아니잖아요."

"그렇게 생각해주면 다행이고."

"생각해주고 말고도 없어요. 그냥 이치가 그렇다는 것이지요."

"하하, 너의 말이 참 재미있구나."

뭐가 재미있다는 건지. 나는 곧은 대나무처럼 진지하기만 한데.

노부인은 처음으로 소리 내어 웃고는 사건을 이야기한다.

"그날 나는 사라진 계란을 찾아 온 집 안을 샅샅이 살폈지. 혹시라도 계란이 아까워서 그랬다고는 여기지 마라. 계란이 귀중한 식재료인 것은 사실이지만, 하늘에서 비처럼 내리는 흔한 물건이 아닌 것도 사실이지만, 그래도 계란은 계란일 뿐이니 결국은 닭장에서 또 가져오면 그만인 물건에 지나지 않지. 그렇긴 해도 살림하는 사람으로서 멀쩡히 있다 사라진 물건을 찾지도 않고 그냥 넘어갈 수는 없는 일. 사라진 계란의 소재 정도는 확인하고 넘어가야 마음이 놓이겠기에 방과 마루와 부엌과 마당 심지어 처마 밑까지 두루 살폈단다. 그리고 마침내 뒤뜰에 도달했는데 그곳에서 나는 너를 보았지."

"저를요?"

"그래 너를. 지금 내 앞에 있는 너를."

"그랬군요."

"네가 계란을 갖고 있더구나. 계란 한 알은 이미 쪽쪽 빨아 바닥에 껍데기로 남았고, 남은 한 알은 구멍을 뚫어 입에 가져가고 있더구나."

왠지 익숙한 장면이다. 노부인의 말을 나는 눈으로 보고 목울대로 느낀다. 배경이 슬며시 바뀐다. 어느덧 뒤뜰에 선 나는 계란 두 알을 손에 들고 있다. 고개를 좌우로 돌려 주위에 까치 두 마리 말고는 피와 살로 된 존재가 없음을 확인한다. 안심한 나는 계란을 담장에다 조심스럽게 콕콕 찍는다. 끝부분에 구멍을 낸 후 목 안에 부어 넣는다. 하나를 다 먹기 무섭게 곧바로 또 다른 계란 하나를 구멍 내어 목 안에 부어 넣는다. 내 손으로 내 목 안에 부어 넣은 계란, 비릿하면서도 매끈한 맛이었지! 아, 저절로 군침이 돈다. 잠깐 멈추었던 장면이 뜨거운 군침과 함께 재생된다. 계란 두 알을 뚝딱 해치운 나는 발끝으로 흙을 파서 계란 껍데기를 묻고는 쪽문 안쪽으로 사라진다. 완전범죄!

내가 떠올린 장면에 노부인은 등장하지 않는다. 노부인이 까치가 아니라면 말이다. 옛날이야기에 그런 장면이 있었던 것도 같은데……. 노부인이 눈치채지 않도록 입안에 고인 침을 고요히 삼키며 묻는다.

"그래서 어떻게 되었나요?"

"어떻게 되긴. 사라진 계란의 행방을 알았으니 다 된 것이지. 나는 닭장에서 새 계란을 꺼내다가 계란 국수를 만들었지."

이게 전부인가? 그럴 리 없다. 이 사건엔 필수 요소로 포함되어야 마땅한 것이 빠져 있다. 마음에 들지 않는다. 대나무 기질이 쑥 튀어나온다. 나는 곧장 따지고 든다.

"왜 혼내지 않으셨어요? 못된 아이에겐 회초리가 요긴했을 텐데."

"혼낼 이유가 뭐가 있겠니? 너는 계란이 먹고 싶어서 그런 것뿐인데. 게다가 나는 회초리를 좋아하지 않는다. 폭력으로 사람을 다스리는 행위를 신뢰하지 않으니까."

"그래도 잘한 행동은 아니잖아요."

"훔친 행동만 보자면 그렇겠지."

"그럼 뭘 또 보나요?"

"중요한 건……."

노부인의 미적지근한 대응에 도리어 내가 더 화가 난다.

"따끔하게 혼내주셨어야죠. 다시는 그러지 못하게."

"따끔하게 혼날 사람은 도리어 나겠지."

"무슨 말도 안 되는 말씀이세요?"

"나를 위해 일하는 아이가 좋아하는 계란 한두 알조차 마음껏 못 먹고 있었다. 그런데 내가 무슨 면목이 있어 너를 혼내겠니?"

도둑을 야단치는 대신 도리어 자신을 책망하는 노부인의 모습에서 이름 하나가 크고 가벼운 구름처럼 둥실 떠오른다. 계향. 계수나무 계(桂) 자에 향기 향(香) 자. 지난밤에 나를 꿈꾸었다던, 계란을 훔쳐서 먹은 사건으로 나를 오래 기억하고 있는 노부인의 이름이다. 노부인의 말을 신뢰한다면 아마도 나는 노부인의 여종이었을 터. 그런데 나는 어떻게 계향이라는 이름을 알고 있는 걸까? 존귀한 노부인의 이름을 좁아터진 입에 담았을 리도 없을 텐데. 아마도 난 노부인을 마님이라는 하늘과 동격인 존칭으로만 불렀을 텐데. 그럼에도 노부인은 계향이다. 이치에는 맞지 않으나 그 사실은 바뀌지 않는다. 아니, 확실하다. 노부인은 계향이다. 계수나무의 향내를 지닌 사람, 계수나무가 뿌리내리고 사는 달처럼 은은하고 아름다운 사람, 가까운 듯 먼 곳 혹은 멀고도 가까운 곳에서 고요히 세상을 밝히고 지키는 사람, 우리의 젊고 자애로운 마님!

노부인의 보름달처럼 커다란 이름 뒤로 두 개의 그리운 이름이 삐뚤게 줄을 선다. 점순과 지선. 오래 생각해볼 것도 없다. 그 이름들의 주인이 누구인지는 금방 깨달았으니까. 점순은 엄마의 것이고, 지선은 나의 것이다. 점순과 지선, 눈물 나도록 소박한 이름 뒤로 은은한 향내를 지닌 뜨거운 김이 올라온다. 방금 완성된 음식에서 올라오는, 음식의 맛을 가득 담은 탐스러운 김이 나와 엄마의 이름을 부드럽게 어루만지며 온기를 더한다. 비로소 노부인이 내 기억에 등장한다. 아니 아직 늙지 않은 젊은 마님은 우리의 방에 찾아와 오래된 개다리소반에 계란탕을 무심히 올려놓는다.

"이것 한번 먹어보게나. 아버님 드릴 계란탕을 만들려다 망쳐버렸다네. 상에 올리지도 못할 음식을, 그렇다고 내가 먹어버리기에도 애매한 이 음식을 어찌할까 수십 분을 심각하게 고민하다가 가져왔네. 그러니 음식 참 못났다, 못난 음식 건네는 주인도 못났다, 속으로 욕하지 말고 숟가락 들어 맛이나 한번 보게나."

마른 손가락으로 헤아려 보니 계란 껍데기를 땅에 묻고 돌아온 바로 그날 오후의 일이다. 그래서 나는 어떻게 했나? 국물까지 훌훌 다

마셔버렸지. 바로 몇 시간 전에 계란 두 알을 날로 먹었다는 생각은 아예 머릿속에 떠오르지도 않았지. 서둘러 먹느라 계란탕의 형태며 맛이 완벽했다는 사실을 그때는 미처 깨닫지도 못했지.

노부인을 보며 생각을 정리한다. 노부인은 거짓말쟁이였다고. 그건 망쳐버린 계란탕이 절대 아니었어. 젊은 마님은 우리를 속였던 거야. 맛난 계란탕을 선물하기 위해. 요망한 마님! 때론 너무 늦게 깨닫는 일들이 있다. 나는 눈을 감고 마음속으로만 중얼거린다. 진작 했어야 했던 말을 차마 꺼낼 수 없어 속으로만 중얼거린다. 죄송해요. 고마워요.

"죄송할 것 없다니까. 한 일이 있어야 고맙다는 인사를 받아도 부끄럽지 않지. 난 그런 아름다운 말을 들을 자격이 없는 사람이야."

말로 표현하지도 않은 마음속 소리에 곧바로 응답한 노부인의 목소리에 깜짝 놀라 눈을 뜬다. 화들짝 놀란 탓일까 속이 잠깐 울렁거렸고 머리가 지끈거렸고 배경이 다시 바뀌었다. 꾸준히 떠오르던 해는 어느새 제 모습을 온전히 드러냈다. 세상은 밝아졌는데, 우리는 아침 햇살이 비둘기처럼 들어와 쪼그리고 앉은 부엌에 함께 있다.

새우젓국이나 간장국을 맛을 맞추어 기름을 쳐서 많이 끓여라.

노부인은 간장국이 좋은지 새우젓국이 좋은지 묻는다. 질문의 뜻도 잘 모르면서 나는 미리 생각이라도 했던 것처럼 곧바로 간장국을 택한다. 노부인이 고개를 끄덕인다.

"이번에도 '역시' 간장국이구나."

우리는 국이 끓기를 기다리면서 이런저런 이야기를 나눈다. 과거의 무거운 이야기가 아닌 현재의 사소한 이야기들. 곧 다가올 미래에 대한 즐거운 다짐과 낙관적인 예상이 반반씩 섞인 이야기들. 공기놀이하듯 재미있게 주고받는 이야기들. 가곡 듣듯 박자를 딱딱 맞춘 이야기들. 노부인이 지난여름엔 날이 꽤 더웠다고 운을 떼면 나는 그래도 가을 접어들면서부터 부쩍 시원해졌다고 받는다. 노부인이 올해는 도토리 열매가 많이 열릴 것 같아 다행이라고 말하자 나는 말씀만 하시면 언제든 달려와서 열매 줍는 일을 돕겠다며 다짐하고 나선다. 노부인이 입을 살짝 막은 채 수줍은 자랑을 내놓는다. 증손자 아이의 글 읽는 소리가 또래보다 부족한 몸집과는 달리 창호지가 울릴 정도로 우렁차단다. 나는 돈 들지 않는 덕담을 헐값에 짚신 팔 듯 마구 퍼붓는다. 그 아이가 자라서 이 나라 종묘사직의 든든한 버팀목이 될 거라고.

물이 끓어 굽이칠 때 달걀의 윗부분을 깨어 즉시 쏟아 넣고 뚜껑을 닫아 솟구치도록 끓여라.

간장국이 끓기 시작하자 노부인이 말한다.

"달걀을 깨뜨려서 조심스럽게 쏟아 넣으면 된단다. 그러고는 곧바로 뚜껑을 닫은 후 한소끔 끓기를 기다리는 게지.”

별스러운 일도 아닌데 손바닥에 잔뜩 힘을 주게 된다. 아뿔싸 달걀을 깨뜨려 넣을 때 손가락에 흰자가 살짝 닿고 말았다. 나는 노부인의 눈치부터 살핀다. 노부인은 아무것도 못 본 사람처럼 고개를 끄덕이곤 곧바로 뚜껑을 닫는다. 끓기를 기다리는 그 길지 않은 순간에 내가 해야 할 일 한 가지가 생각난다. 다시 말해야겠다. 불현듯 떠오른 것처럼 썼지만 사실 그 일은 부엌으로 옮겨온 후부터 내내 머리 한가운데에 자리를 잡고 있었다. 음식에 때가 있듯 고백에도 때가 있다. 나는 그때를 놓치고 싶지 않다.

“이제 기억이 났어요. 제가 저질렀던 잘못······.”

잠깐 사이에 엉기거든 알 속이 채 익지 않았을 때 얕은 그릇에 가만가만 떠라.

노부인은 내가 잡은 고백의 시간에 동의하지 않는다.

“잠깐만. 그 이야기는 나중에 나누도록 하자. 음식을 만들 때는 음식에만 집중해야 해. 사소한 태만이 모든 것을 망치거든.”

“알겠어요.”

“그래, 바로 지금이 계란을 건져야 할 때지.”

노부인은 국자로 계란을 재빨리 건져내 그릇에 담은 후 된장국을 떠서 붓는다.

"어려울 것 없어. 이것 하나만 기억하렴. 계란 노른자가 다 익기 전, 반숙 상태일 때 꺼내는 것이 맛의 비결이야."

노부인이 음식을 담기 위해 미리 꺼내놓은 흰 그릇이 눈부시도록 깨끗하고 아름답다. 뜨듯한 계란탕이 더해지니, 안 그래도 모자란 구석이 없었던 흰 그릇은 완벽의 경지에 이른다. 이제 아침이 시작되었는데, 해 저무는 저녁이 오려면 아직 멀고도 멀었는데 부엌에는 벌써 어여쁜 달이 환하게 떴다.

새우젓국이면 식초를 타서 놓고, 장국이면 그냥 놓아라. 온전한 알 모습이 그대로 있게 된다.

그릇 속에 뜬 달에 감탄하는 사이 배경은 다시 바뀌어 나는 어느새 처음 그 방으로 돌아와 있다. 우리가 함께 만든 계란탕도 곁에 있었다. 계란탕은 낡은 개다리소반이 아니라 정갈한 해주반 위에 놓였다. 그런데 계란탕은 한 그릇뿐이다. 내 마음속에 새로 뜬 의문을 아는지 모르는지 노부인은 내게 숟가락을 쥐어 주며 말한다.

"알이 정말 예쁘게 되었구나, 꼭 네 얼굴처럼. 그런데 네 입맛에 맞게 맛이 잘 들었는지는 모르겠다. 너를 봤던 게, 너에게 음식을 해주었던 게 워낙 오래전 일이라서 말이다. 고백하자면 이제 늙어버린 나는 음식 맛에도, 사람을 대하는 것에도 자신이 없다."

똑똑하지는 않지만 그렇다고 바보는 아니다. 사람은 둘인데 왜 나

혼자만 숟가락을 들고 먹느냐는 질문이 이 상황에서 무의미하다는 사실을 머리와 몸으로 깨닫는다. 우리에겐 각자의 역할이 있다. 노부인은 대접하는 사람, 나는 맛을 보는 사람. 지금은 주어진 역할에 충실해야 할 때. 사양과 배려는 단호하게 뒤로 미뤄야할 때.

국물을 먼저 맛보고 숟가락으로 계란 흰자를 모양이 흐트러지지 않도록 조심스럽게 잘라 입에 넣는다. 노부인이 눈썹을 모은 얼굴로 나를 보고 있다. 초조한 마음이 고스란히 전해진다. 시식 평을 기다리는 것이라 짐작한다. 평생 음식을 만들었던 사람의 본능일 것이다. 나는 국물을 한 번 더 떠서 입안에 고르게 머물게 한 후 천천히 삼킨다.

"세 번의 계란탕을 비교하면 이번 것이 가장 입맛에 잘 맞는 것 같아요."

노부인의 얼굴에 내가 좋아하는 마애불 미소가 떠오른다. 그러나 노부인은 마음을 다 내려놓지 않았다. 내 말이 혹시 공치사는 아닌지 의심하는 표정 또한 삼분의 일쯤 섞여 있다. 노부인이 나에 대해 다 잘 아는 건 아닌 것 같다. 꼿꼿한 나는, 타협을 모르는 나는 입에 발린 말을 좋아하지 않는다. 이유도 없이 남을 치켜세울 마음은 조금도 없다. 내게 음식을 대접해준 노부인에게도 예외는 아니다. 의심을 받다니 억울하다. 노부인에게 내 결백을 증명하기 위해 다시 숟가락을 든다. 계란 흰자 조각에 국물을 조금 섞은 따뜻하고 풍요로운 숟가락을 노부인에게 건넨다. 노부인은 내 지저분한 입술이 닿았던 숟가락을 주저 없이 받아든다. 당연한 수순처럼, 마치 기다리고 있었던 것처럼, 음복하듯 국물을 삼키고 계란을 씹는다. 천천히 고개를 끄덕인다. 한 번이 아니라, 두 번, 세 번, 네 번, 끄덕이는 병에 걸린 사람처럼 쉬지 않고 계속 끄덕인다.

사과를 못 하게 하니 방향을 바꿔야겠다. 왜 두 번이 아닌 세 번의 계란탕인지 설명하는 게 차라리 낫겠다. 온전히 기억을 회복한 내 안의 내가 선언하듯 말한다. 계란탕 숫자에 숨은 비밀을 설명하기 위해서는 베를 짜던 일부터 먼저 꺼내놓아야 한다고.

우리는 베를 짜고 있었다. 내 엄마인 점순과 나, 그리고 얼굴과 이름 모두 흘러간 연기처럼 희미해진 다른 세 명의 여인은 베틀 하나씩을 차지하고 앉아 베를 짜고 있었다. 아직 미혼에 십 대인 나 말고는 모두 아이가 딸린 아줌마들이었다. 베틀 경력이 적게는 십 년에서 많게는 수십 년에 이르는 능숙한 장인들이었다. 주인이면 누구나 갖고 싶어 탐을 내는 실력자들 사이에 초짜인 내가 낀 건 간절히 원했기 때문이다. 목화가 베로 변하는 과정은 신비하다. 목화 씨앗에서 꽃이 피고 꽃에서 솜이 생겨난다. 그 솜을 펴고 감아 실을 뽑는다. 실은 베로 바뀐다. 쓰고 나면 시시하고 한심하게 여겨질 정도로 간단하고 사소하지만 실은 그렇지 않다. 문장의 부속일 뿐인 하나하나에는 오랜 기다림과 지루한 작업이 깃들어 있다. 문자로는 온전히 표현할 수 없는 그 지루하고 고된 과정은 베가 완성되어야 비로소 하나의 완결된 의미를 지니게 된다. 의미, 나는 의미를 유별나게 좋아하는 아이였다. 그래서 나는 원했다. 의미의 현장에 속해 있기를! 다른 이의 손이 아닌 내 손으로 직접 의미를 뽑아내고 새기기를! 어릴 적부터 베를 짜는 엄마의 곁을 한시도 떠나지 않았던 이유다. 손동작 하나하나를 유심히 보고 따라 하며 손을 움직여가며 내 작은 머리와 마음에 새기고 또 새긴 이유다. 다행히 내겐 눈썰미가 있었고 손재주도 좋았다. 물론 할머니 대부터 노부인의 집안을 위해 일했던 경력이 없었다면 눈썰미고 손재주고 열다섯 소녀인 나를 베틀에 앉게 하는 데 아무런 영향도 못 미쳤을 것이다.

우리는 베를 짜고 있었다. 감정 표현에 서툰 창호지를 눈물 흘리게 만드는 모진 바람이 쉬지 않고 불어오는 긴 겨울 허리쯤의 어느 밤이었다. 밤 깊도록 바쁘게 움직이던 베틀이 시간이 흐르고 온도가 떨어짐에 따라 조금씩 느려지더니 어느 순간 하나둘 멈추었다. 곧이어 또 하나둘 멈추었다. 이제 살아 움직이는 것은 나의 베틀뿐이었다. 나는 아직 멈추고 싶지 않았다. 피곤을 호소하는 베틀을 쉬게 하는 대신 조금 더 괴롭혀 더 많은 베를 짜내고 싶었다. 내 몸이 버티는 한 베틀을 계속 움직이고 싶었다. 다시 말하지만 나는 의미에 미친 아이였다. 의미로 충만한 밤의 길이를 영원처럼 길게 늘이기를 소원했다. 영원 같은 밤을 버티고 버티며 짠 베가 방 안을 가득 채우고 세상에 널리 퍼지기를 바랐다. 꼭 사춘기 아이 같은 소망. 그러나 사춘기 아이 같지 않은 약해 빠진 육신은 콧방귀를 뀌었다. 의미 따윈 알 리 없는 지친 손가락은 춥다 춥다 어린애 같은 투정을 부리며 아예 움직이기를 거부했다. 그랬다. 밤은 깊었고 나는 혼자였고 날은 무섭도록 차가웠다. 방 안의 온기는 지치고 외로운 손을 의미 어쩌고 하는 막연한 협박으로 부리기엔 충분하지 않았다.

협박에도 요령은 있는 법, 조치가 필요했다. 나는 밖으로 나갔다. 매서운 바람 속에서도 일단 느긋하게 하품부터 하고 눈을 비볐다. 바람을 잠시 속인 나는 재빠른 동작으로 아궁이에 장작을 넣고 불을 높였다. 활활 타오르는 것을 슬쩍 확인하고는 뒤늦게 몸서리를 크게 친 뒤 서둘러 방으로 돌아왔다. 장작을 많이 넣기는 했나 보다. 효과가 즉시 나타났다. 방은 금세 따뜻해졌다. 이제 손가락은 기분 좋은 땀을 흘리며 빠르게 움직였다. 그런데 내가 미처 생각하지 못한 손님 하나가 내 등에 붙어 방 안으로 들어왔다. 졸음이라는 그 손님은 온기에 힘입어 나를 유혹했다. 밤은 깊었고 나는 혼자였고 날은 무섭도록 차가웠으나 방은 따뜻했다. 다른 베틀은 이미 오래전에 멈추었다. 누군가 함께 깨어 있었다면 사정은 달랐을 것이다. 하지만 눈 뜨고 버티는 건 이 세상에서 오직 나 혼자뿐이었다. 나는 거듭 하품을 하며 졸음이라는 손님을 상대하다 마침내 유혹에 굴복해 바닥에 그대로 드러누웠다. 베를 조금 더 짜야 하는데, 베틀의 피와 살까지 뽑아 먹어야 하는데, 하고 말도 안 되는 문장을 중얼거리며 눈을 감았다. 나는 다른 세계로 곧장 진입했다. 나는 꿈속에서도 베를 짰다. 신기한 베였다. 의미라는 글자가 새겨진 베였다. 꿈속에서 베를 짜는 건 전혀 어렵지 않았다. 베틀에 앉은 지 얼마 되지도 않은 것 같은데 완성한 베가 산더미처럼 쌓였다. 내 베는 백두이며 금강이었다. 이러다 간 쌓아둘 공간이 없겠어. 넘치는 의미에 좋아서, 너무 좋아서 바보처럼 하하 웃는데 누군가 나를 흔들어 깨웠다. 엄마였다. 엄마가 외쳤다.

"불이 났어. 빨리 일어나."

방 안은 매캐한 연기로 가득했다. 졸음과 추위와 외로움을 견디며 완성한 베가 제일 먼저 눈에 들어왔다. 손을 뻗었다. 그러나 내 손은 베에 닿지 못했다. 엄마가 내 몸을 우악스럽게 잡아끌었기 때문이다.

우리는 베를 짜고 있었다. 자애로운 젊은 마님이 원했기에 온 힘을 모아 베를 짜고 있었다. 베를 짜서 가난한 이들에게 줄 옷을 만들고 싶다는 젊은 마님의 고귀한 생각에 동의했기에 촌음을 아껴 밤낮으로 베를 짜고 있었다. 불이 났고 베가 탔다. 수고와 의미가 한순간에 사라졌다. 다시 말하자. 불에 희생된 건 베가 아니었다. 재가 되어 사라진 건 가난한 이들의 소박한 웃음과 작은 희망이었다.

불이 사라졌다. 곁에 끼고 살았던 베틀과 베가 이젠 기억 속에서 추억해야 하는 물건으로 바뀐 것을 확인하자마자 엄마는 젊은 마님에게 달려가 엎드렸다. 야만스러운 여진에게 나라를 바친 인조 임금이 머리를 박고 항복하듯 바닥에 납작 엎드렸다. 엄마는 잠결에 장작을 넣었기에, 몹시 추워서 서둘러 방으로 돌아가고 싶은 생각밖에 없었기에 불길이 쌓아놓은 장작더미에 옮겨붙은 것도 몰랐다고, 서럽게 울면서 고백했다. 자신이 짓지도 않은 죄를 꾸며서 연극처럼 과장된 눈물과 함께 고백했다. 고백의 대가로 엄마가 내놓은 건 거처와 목숨이었다.

"마님이 나가라면 나가겠습니다. 죽으라면 죽겠습니다. 이 하찮은 목숨이라도 바치라면 바치겠습니다."

거짓말쟁이 엄마 같으니! 동생이 죽었을 때도 안 울었으면서! 나는 엄마를 밀치고 엎드렸다. 장작을 넣은 건 나지 엄마가 아니라고 울부짖었다. 가져가려면 내 목숨을 가져가라고 발악을 했다. 엄마는 내 뺨을 때렸고, 머리를 쥐어박았고, 온몸을 마구 때렸다. 나는 엄마의 절박함이 만들어낸 구타를 당하면서도 목숨 타령을 멈추지 않았다.

"죽여주세요, 제발 저를 죽여주세요!"

노부인, 아니 몸과 마음이 모두 젊었던 마님은 씩씩하게 걸어와 우리 둘을 일으켜 세웠다. 젊은 마님은 엄마와 내 손을 꼭 잡고 고백하듯 말했다. 육신이 감당하기 어려운 과중한 일을 시킨 것도 자신이며, 방 안이 견디기 어려울 정도로 춥다는 기본적인 사실조차 몰랐던 것도 자신이라며 스스로를 책망했다. 잘못을 자신에게 돌리는 뜻밖의 말에 우리는 어리둥절했다. 젊은 마님의 다음 말은 더욱 이상했다.

"베틀이니 베니 다 잊게. 그것들이야 다시 구하고 만들면 그만이니. 그것들이 아무리 비싼 물건이어도 자네들만큼은 아니니. 천하에 자네들만큼 귀한 존재는 없다는 사실을 도대체 왜 모르는가? 왜 자꾸 죽겠다는 괴이한 말만 입에 담는가? 자자, 가슴이 답답하고 울고 싶을 때는 몸부터 따뜻하게 만드는 게 중요하네. 그냥 두면 병이 난다네. 자네들을 위해 내가 음식을 만들어 대접하고 싶은데, 말해보게, 뭐가 좋겠나?"

나는 젊은 마님의 맥박과 핏줄과 마음을 손바닥으로 확실하게 느꼈다. 요동 탓일까, 빠르게 흘렀던 핏줄 때문일까, 여전히 어지러운 정신 탓일까, 나도 모르게 음식 이름 하나가 상황에 어울리지도 않게 구체적으로 튀어나왔다.

"계란탕을 먹고 싶어요. 이왕이면 간장 국물이면 좋겠어요."

그 뒤의 일은 별로 기억에 없다. 진달래 피던, 아직 추우나 고운 계절에 그 집을 떠난 장면만 반복해서 생각이 날 뿐. 그저 아침 해가 막 뜨던 때에 그 즈음에도 이미 낡았었던 문을 열고 혼자서 밖으로 나선 순간만 계속해서 생각이 날 뿐. 그러나 그것은 그것이고 지금 내겐 전혀 다른 문제 하나가 어서 답을 달라며 아까부터 하소연을 하고 있는 중이다. 다시 한번 머리라는 것을 써보자. 베틀에 앉아 베를 짜던 때는 벌써 수십 년 전이어야 마땅하다. 갓 시집왔던 젊은 마님이 지금은 머리가 하얗게 센 노부인이 되었으니까. 나는…… 그렇지 않다. 변하지 않았다. 조금도 변하지 않았다. 도대체 어떻게 된 거냐고 노부인에게 물어보고 싶다. 몸과 마음이 모두 젊던 마님은 어느덧 노부인이 되어 머리는 흰색이 되었고 얼굴엔 주름이 가득해졌는데 왜 나는 아직 베틀에 앉았던 시절의 얼굴과 몸을 그대로 지니고 있는 걸까? 맥박도 느려지고 빠르게 흐르던 핏줄마저 제 속도를 잃었는데 그 이후의 일은 왜 하나도 기억이 나지 않을까? 다른 사람이라면 몰라도 노부인이라면 알겠지. 한때 나의 주인이었던 사람이니, 행실과 용모가 달처럼 아름다웠던 사람이니, 멀리서 혹은 가까이서 언제나 나를 지켜보았던 사람이니 그 정도는 당연히 알고 있겠지. 마음 깊은 곳에서 낯선 목소리 하나가 들린다. 물어보지 마라. 절대로 물어보지 마라.

나는 남은 계란탕부터 먹기로 한다. 뜨뜻한 기운이 사라지기 전에 노부인과 함께 만든 계란탕부터 마저 비우기로 한다. 부지런히 숟가락질을 하는 내게 노부인이 말한다.

"계란탕이 그립거든 언제든 와라. 알겠느냐?"

"알겠어요. 그리고 죄송해요."

"무슨 소리냐? 죄송하다느니 뭐니 그런 당치도 않은 말은 하지도 마라."

내 기분 탓인지, 노부인의 끝이 아래로 살짝 휜 눈썹 탓인지 노부인은 울음을 꾹 참고 있는 것 같다. 자세히 따지지는 않기로 한다. 그래서 나는 말없이 고개만 끄덕인다. 국물을 바삐 뜨고 남은 계란을 서둘러 입에 넣는다. 허기 때문은 아니다. 허기는 노부인과 함께 계란탕을 만들던 순간에 거짓말처럼 깨끗하게 사라졌다. 그럼에도 바쁜 일이라도 있는 사람처럼 음식을 서둘러 입에 넣은 건 지금만큼은 소리 내어 대답하고 싶지 않아서다. 입을 열고 소리라는 것을 냈다간 내내 참았던 울음이, 산처럼 쌓여 있던 울음이 산사태처럼 한꺼번에

마구 쏟아져서 거울처럼 깨끗한 방 안을 온통 진흙의 강물로 바꿔 버

릴 것만 같았기 때문이다.

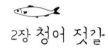

2장 청어 젓갈

전 부인의 아들을 친자식처럼 어루만지고 사랑하셨다. 가르치고 훈계하고 공부를 보살피는 데 있어 늘 극진하셨다.

《정부인안동장씨실기》 중에서

중문이 삐거덕 소리 요란하게 열린다. 개미도 숨죽이는 이 조용한 집에서 흔히 들을 수 있는 소리는 아니다. 툇마루에 앉아 며칠 전보다 부쩍 깊어진 바람을 음미하던 노부인은 시선을 천천히 중문으로 옮긴다. 지난밤 단단히 닫아놓았던 중문이 절반쯤 열려 있다. 소리의 기세는 대단했으나 밀고 들어오는 이는 없다. 노부인은 조금 더 기다려본다. 무엇인가가 갑자기 날아오른 것 같다. 눈앞에서 튀어오른 것 같다. 고개를 들어 하늘을 본다. 없다. 아무것도 없다. 새 한 마리, 구름 한 점 보이지 않는 빈 하늘뿐이다. 아니지, 없다거나 비었다고 말하면 안 되겠지. 텅 빈 듯 꽉 차 있다고 해야 옳겠지. 세상의 훌륭한 이치들이 대개 그렇듯. 없는 것 같으면서 실은 늘 곁에 머물고 있었던 것들.

오래 보았더니 눈이 아프다. 눈을 감는다. 아침 하늘이 머릿속으로 생각했던 것보다 훨씬 더 밝았던 탓이다. 활기차게 꽉 찬 밝음에 늙은 눈이 시린 탓이다. 손가락으로 눈 주위를 문질러본다. 눈물이 조금 묻어난다. 슬프지는 않다. 도리어 우습다. 나이를 먹으니 눈물도 콧물도, 심지어는 귀지까지 많아진다. 눈을 가늘게 뜨고 손가락에 묻은 눈물의 흔적을 고대의 유물인 양 살펴보는데 또다시 삐거덕 소리가 들린다. 바람이 만들어내는 자연스러운 소리는 절대 아니다. 누군가 문밖에 버티고 서 있는 게 분명하다.

"주저 말고 들어오시게."

노부인의 허락이 떨어졌음에도 들어오는 이는 없다. 그저 또다시 삐거덕 소리만 들렸을 뿐. 노부인은 신발을 신고 천천히 마당을 거닐다가 갑자기 방향을 돌려 중문으로 재빨리 다가간다. 평소의 노부인답지 않은 날렵한 동작이다. 기운 넘치는 처자들이나 즐겨할, 조금은 경망스러워 보일 만한 행동을 감행하고 나섰음에도 결실은 없다. 중문 밖에는 아무도 없다. 있었던 흔적조차 없다. 이른 아침부터 꽃을 찾아 헤매는 흰나비 한 마리만 날아올랐을 뿐. 나비 또한 노부인을 힐끗 보긴 했다. 그러나 나비는 늙은 꽃에게 이내 흥미를 잃고 멀리 날아간다. 나비님까지 참. 의미도 없는 작은 일에 짧은 한숨을 내

쉬고 돌아서는 노부인의 귀에 다락같이 울려 퍼지는 소리.

"놀랐죠?"

마당엔 한 아이가 서 있다. 키는 노부인의 허리에도 미치지 못하고 앞니는 서너 개가 연달아 빠져 있으면서도 아이는 뭐가 그리 자랑스러운지 입을 크게 벌리고 있다. 아무리 올려 잡아도 여덟 살 이상으로는 보이지 않는 사내아이가 두 팔을 허리에 올리고 입을 크게 벌린 채 마당에 서 있다. 당당하다. 겁이 없다. 거침이 없다. 어린 장군처럼. 현일이 떠오른다. 여러 아들 중 전쟁놀이에 빠져 있던 유일한 아이, 현일. 그 아이가 어느새 다 자라 한 나라의 정승이 되었으니, 시간이 참 무섭도록 빠르다. 노부인이 웃으며 말한다.

"그래, 놀랐구나. 내가 문을 다 살펴봤는데, 분명 아무도 없었는데, 도대체 어떻게 마당에 들어온 게냐?"

"어떻게 들어왔을까요?"

"글쎄, 난 잘 모르겠구나. 하늘에서 떨어졌을까? 땅에서 솟았을까? 아니면 담을 뚫고 나왔을까?"

아이는 대답도 않고 주먹을 움켜쥐곤 중문 밖으로 빠르게 사라진다. 잠시 후 아이는 재빨리 담을 넘어 마당으로 들어온다. 달려와 노부인 앞에 서서 손바닥을 요란하게 비비며 까르르 웃는다.

"몸이 정말 재빠르구나."

"그렇죠? 마음만 먹으면 지붕에도 올라갈 수 있어요. 보여드릴까요?"

"아이고, 그럴 필요는 없다. 네 몸이 날랜 건 충분히 알겠다."

"한번은 구름만큼 높은 나무 위에서 이틀 밤낮을 머물기도 했어요. 바람에 가지가 흔들리고 새벽이슬에 몸이 다 젖어도 꼼짝도 안 했어요."

"대단하구나. 그런데 엄마가 걱정하시진 않았니?"

"엄마가 그러라고 했거든요. 무슨 일이 있어도 내려오지 말라고 했거든요."

"그렇구나. 그럼 엄마도 함께 왔니?"

"배고파요."

"뭐라고?"

"배가 고프다고요."

"알겠다. 뭐가 먹고 싶으냐?"

"몰라요. 아무거나 맛있는 걸로 주세요."

아이는 또다시 까르르 웃고는 노부인을 쳐다본다. 맹랑하다. 호기롭다. 노부인이 적당한 말을 찾아 대꾸하기도 전에 아이가 또다시 입을 연다.

"아줌마, 내가 한 번도 못 먹어본 아주 맛있는 걸로 주셔야 해요, 알겠죠?"

"노력해보마. 오래간만에 입맛이 무척 까다로운 손님을 만났구나. 그런데 왜 날 아줌마라 부르니? 다들 할머니라 부르는데. 흉한 흰머리와 깊은 주름이 네 눈엔 안 보이니?"

아이는 노부인의 대꾸는 들은 척 만 척하곤 툇마루로 달려가 앉는다. 우연일까. 조금 전 노부인이 앉았던 바로 그 자리다. 아이는 기분이 무척 좋은 듯 고개를 요란하게 흔들며 콧노래를 흥얼거린다. 귀를 기울인다. 처음 들어보는 낯선 곡조다. 아이의 경쾌한 분위기와 다르게 느리고 음울한 곡조다. 무엇인가 사소하게 어긋난 느낌이 든다. 도대체 뭘까? 노부인은 아이를 잠깐 바라보며 생각하다가 어제 먹다 남은 인절미가 있음을 떠올린다.

"인절미는 어떻겠니?"

아이는 대답 대신 까르르 웃으며 손뼉을 친다. 그러고는 이내 느리고 음울한 콧노래로 돌아간다.

인절미 속에 엿을 한 치 길이만큼 꽂아 넣어 두고, 약한 불로 엿이 녹게 구워 아침으로 먹으라.

부엌 선반에서 팥고물을 묻히지 않은 인절미를 꺼낸다. 떡 다섯 개를 집어 석쇠 위에 올려놓고 구우려다가 문득 동작을 멈춘다. 이게 아니다. 그냥 구우면 안 될 것 같다. 낭패를 볼 것 같다. 확실하지는 않으나 비슷한 일이, 아니 똑같은 일이 전에도 분명 있었던 것 같다.

기억은 떠오를 듯 떠오를 듯 잘 떠오르지 않는다. 눈에 뻔히 보이는데 결코 손을 뻗어 만질 수는 없는, 비유하자면 가지 끝에 매달린 홍시 같다. 비로소 나이 먹음이 서럽게 다가온다. 주름이 늘고 이가 빠지고 눈과 귀가 어두워지고 지저분한 분비물이 늘어나는 것보다 기억이 흐려지는 것이 훨씬 더 안타깝다. 배가 고프다고 해서 인절미를 노릇하게 구워서 줬더니 한 입 먹고 곧바로 내려놓았었는데…… 이빨 자국이 그대로 남은 인절미가 내 가슴에 난 상처 같아 속으로 어찌나 서러웠던지…… 아줌마…… 아줌마…… 아이는 그때 밍밍하다고…….

노부인은 손바닥으로 이마를 탁 소리 나게 친다. 힘 조절을 제대로 못하고 지나치게 세게 친 바람에 마른 몸이 다 비틀거린다. 벽에 손을 대고 간신히 균형을 잡으며 생각한다. 한심도 하지, 어찌 그때의 기억을 이토록 까맣게 잊어버릴 수 있을까? 세상에나, 잊어버릴 게 따로 있지, 어찌 그것을. 나이를 먹어도 너무 많이 먹은 게 분명하다. 고희, 즉 다들 죽을 나이에 살아남았으니 참 희한하다는 칠순을 오래전에 지나 이제 팔순이 코앞이니 이 땅에서 살아도 너무 많이 산 것이다.

그 아이는 바로 상일이다. 여섯 살 사내아이 상일, 남편이 일찍 세상을 떠난 전 부인에게서 얻었던 아이 상일, 자신을 엄마가 아닌 아줌마라 불렀던 아이 상일.

노부인은 모든 잘못이 인절미에게 있는 것처럼 떡을 노려보며 생각에 잠긴다. 아이의 목소리가 들려온다.

"배고파요."

"곧 된다. 조금만 기다려라."

노부인은 찬장에서 접시 하나를 꺼낸다. 접시에 담긴 건 호박엿이다. 노부인은 호박엿 하나를 꺼내 칼로 자른다. 인절미 폭의 절반 정도 크기로 자른다. 인절미 안에 칼집을 낸 후 호박엿을 넣고 손에 기름을 묻혀 끝을 단단히 막는다. 아이의 목소리가 다시 들려온다.

"배고파요."

"곧 된다. 조금만 기다려라."

호박엿을 품은 인절미를 석쇠에 올린다. 성실한 불은 뭐가 못마땅한지 혀를 날름거리면서도 자신의 책무를 다한다. 음식이 만들어지는 무심한 시간이 흐른다. 엿이 녹으면서 나는 달콤한 냄새가 인절미의 향에 더해져 부엌을 가득 채운다. 예기치 않게도 군침이 흐른다. 이제 군침 따위는 사라졌다고 생각했는데. 음식은 그저 죽지 않기 위해 입에 넣는 것이라고만 여겼는데. 꼭 어린아이가 된 것 같다. 어릴 땐 나도 엿을 참 좋아했지. 한번은 아버지 방에서 엿을 몰래 훔쳐 먹기도 했고. 나는 가슴에 힘을 주고 당당하게 방을 빠져나왔지. 이야기 속에 나오는 엿을 훔쳐 먹고 도리어 서당 선생을 놀린 영악한 아이처럼. 아버지는 자신의 딸이 작은 도둑이라는 사실을 알고 있었을까? 바늘도둑, 소도둑, 아니 엿도둑. 인절미가 타지 않도록 녹은 엿이 빠져나오지 않도록 뒤집개를 이용해 조심스럽게 뒤집는다. 아이의 목소리가 다시 들려온다.

"배고파요."

노부인은 마무리에 시간을 들인다. 인절미를 살짝 더 익힌다. 검은 금을 선명하게 만든 후 접시에 담으며 목소리를 높인다.

"다 되었다. 이제 간다."

노부인은 아이 옆에 접시를 놓으며 주의 사항부터 일러준다.

"뜨거우니 조심해서 먹어라."

아이는 대답 대신 까르르 웃는다. 아이는 인절미를 덥석 집어 곧바로 입으로 가져간다. 배고프고 자신만만한 아이에게 조심하라는 노부인의 충고 따위는 무의미하다. 아이들은 늘 그렇지. 머리나 귀가 아닌 몸으로 이치를 배우지. 아이는 인절미를 한입 베어 물고는 눈을 감는다. 눈꺼풀 안에 숨은 눈동자를 좌우로 굴리고, 인절미를 음미하듯 천천히 씹는 표정만 보면 궁중에서 일하는 노련한 요리사 같다. 아이는 다시 눈을 뜨곤 맛있어요, 하고 의외로 차분해진 말투로 평을 한다. 아이는 한 입 더 베어 물고 이번에는 빠르게 씹은 후 나머지 부분은 한꺼번에 입안에 넣는다.

"천천히 먹어."

아이가 대답도 없이 씹는 일에 열중하는 동안 노부인이 또 묻는다.

"혹시 너도 여섯 살이니?"

아이는 건성으로 고개를 끄덕거리며 두 번째 인절미를 집는다. 인절미를 넣기도 전에 아이의 입이 크게 벌어진다.

"엄마는 어디 계시니?"

아이는 못 들은 것 같다. 아무런 대꾸도 하지 않는 것을 보면.

"널 보니 우리 집 맏아이 상일이의 어렸을 때 모습이 떠오르는구

나. 상일이는 날 아줌마라고 불렀지. 할아버지에게 혼이 나고 아버지
에게 회초리를 맞고도 계속해서 날 아줌마라고 불렀어."

"왜 엄마를 아줌마라고 불렀어요?"

"상일이를 낳아 주신 엄마는 따로 있었거든."

"그럼 엄마가 둘이에요?"

"대답하기 참 어려운 질문이구나."

"왜 어려워요?"

"내가 시집왔을 때 상일이의 친엄마는 이미 세상을 떠나셨으니까
살아 있는 엄마는 나 하나뿐이었다고 말할 수도 있겠지. 돌아가시긴
했어도 상일이의 마음속에는 여전히 계실 테니까 엄마는 여전히 친
엄마 하나뿐이었다고 말할 수도 있겠지. 친엄마는 마음속에 계시고
나는 집에 머무르고 있었으니까 엄마는 둘이었다고 말할 수도 있겠
지. 마음속에 있는 건 기억일 뿐이고, 나는 이름만 엄마이지 실은 낯
선 사람이었으니까 엄마는 하나도 없었다고 말할 수도 있겠지. 미안
하다. 뭔 소리인지 잘 모르겠지? 네 간단한 질문에 제대로 대답하기
가 참으로 어렵네. 늙은이 말들이 원래 이렇단다."

노부인의 말이 길게 이어지는 동안 아이는 접시를 싹싹 비웠다. 아
이는 빈 접시를 적군인 양 매섭게 노려보며 말한다.

"배고파요."

"아직 배가 고프냐?"

"배고파요, 아무거나 맛있는 걸로 주세요."

"아무거나?"

"하지만 구운 인절미보다는 훨씬 더 맛있어야 해요."

그건 아무거나가 아니란다. 맹랑하고 까다로운 아이의 머리를 쓰다듬듯 살짝 쥐어박으며 충고하고 싶지만 노부인은 손을 움직이지도, 마음속 생각을 입 밖에 내지도 않는다. 아이는 음울한 곡조의 콧노래를 흥얼거리고 노부인은 아이의 얼굴을 보며 고민한다. 어렵다. 원하는 게 뭘까? 이제는 익숙해진 콧노래를 배경으로 한참 바라보니 비로소 알겠다. 아이의 얼굴에 답이 있다는 것을. 아이에게 어떤 음식을 대접해야 할지 이제는 어느 정도 알겠다. 노부인이 웃으며 말한다.

"중배끼는 어떻겠니?"

아이는 대답 대신 까르르 웃으며 손뼉을 친다. 그러고는 이내 느리고 음울한 콧노래로 돌아간다.

중배끼는 가루 한 말에 꿀 한 되, 기름 한 홉, 끓인 물 칠 홉을 합하여 미지근하게 하여 만들으라.

고운 밀가루에 기름과 꿀을 섞어 넣고, 얼마 되지 않는 힘을 짜내 정성껏 반죽을 한다. 손이 시리지만 멈추지 않는다. 고통을 잊기 위해 여섯 살 시절의 상일을 생각한다. 결코 엄마라고 부르지 않는 고집 센 아이 상일은 책 읽기를 무척 좋아했다. 가르치지도 않았는데 혼자 《천자문》이며 《동몽선습》을 줄줄 읽어나가는 것이 예사롭지 않았다. 자랑은 아니지만, 두 손에 책을 들고 눈을 크게 뜨고 몸을 좌우로 조금씩 흔들며 읽어나가는 그 모습은 자신의 어릴 적과 똑같았다. 사람의 마음이란 참 묘하다. 낳지도 않은 자식에게 욕심이 생겼다. 상일을 직접 가르치고 싶었다. 학자로 키우고 싶었다. 훌륭한 사람으로 만들고 싶었다. 《소학》과 《논어》 정도는 자신의 능력으로도 충분히 가르칠 수 있었다. 이제 노부인은 밀개로 반죽을 얇게 밀며 중얼거린다.

"하지만 그래서는 안 되었지. 갓 시집온 며느리가 집안의 법도를 마구 뒤흔들 수는 없는 일."

이 나라에서 교육은 남자의 몫이었다. 여자의 할 일은 남자를 뒷바라지하거나 남자가 걱정하지 않도록 집안을 조용히 완벽하게 관리하는 것이었고. 고민 끝에 묘책을 얻었다. 이웃 마을에 사는 훈장에게 상일의 공부를 맡기기로 했다. 허락은 쉽게 떨어졌다. 학문으로 중무장한 시아버지와 남편에는 못 미쳐도 훈장의 인품과 실력은 인근에서는 꽤 정평이 나 있었다. 이웃 마을 훈장이라면 자식이나 손자를 직접 가르치는 걸 몹시 꺼리는 그들로서도 동의하지 않을 이유가 없었다. 마음만으로는 아무것도 이뤄지지 않는다. 다음 날부터 곧바로 실행에 옮겼다. 굳이 '실행'이란 엄격한 단어를 골라 쓴 이유가 있다. 상일을 직접 등에 업고 훈장 집을 오갔기 때문이다. 훈장 집에 다녀온 첫날 저녁, 예상하고 다짐했던 것보다 훨씬 더 고된 노동에 등이 몹시 지쳐서 달을 보며 잠깐 울었다. 그날 저녁, 시아버지가 불러서 물었다. 왜 하인에게 시키지 않고 직접 업어서 오가느냐고. 집이 아주 가난한 것도 아니니 그 정도 일을 맡아서 할 하인은 여럿 있는데 왜 마님답게 그들을 요령껏 부리지 않느냐고.

"상일이와 시간을 보내고 싶어서요. 제 아들이잖아요."

속내 깊은 시아버지는 더 묻지 않고 고개를 끄덕였다. '아들'과 시간을 보내고 싶다는 말의 정확한 의미를 단번에 알아들었던 것이다.

"배고파요."

"곧 된다. 조금만 기다려라."

얇고 긴 직사각형 모양으로 자른 반죽을 기름에 넣고 튀긴다. 한눈 팔지 않고 지켜보다가 표면이 고루 노릇해지면 꺼내 기름을 털고 그 릇에 담는다. 때맞춰 아이의 목소리가 다시 들려온다.

"배고파요."

"곧 된다. 조금만 기다려라."

그릇을 들고 나가려다 망설인다. 부엌을 살핀다. 꿀통을 연다. 숟가 락으로 꿀을 떠서 중배끼 위에 고르게 뿌린다. 아이의 채근하는 목소 리가 또다시 울려 퍼지기 전에 서둘러 부엌을 빠져나간다.

접시를 놓자마자 아이는 반응한다. 사나흘 굶주리기라도 한 것처럼 서둘러 중배끼 하나를 집어 든다. 허겁지겁 먹는 모습이 조금 전에 인절미를 먹었다는 기억은 아예 사라진 것 같다. 아이가 아무 말 없 이 먹어 치우고 곧바로 두 번째 중배끼를 손에 든 것을 보곤 덩달아 마음이 급해져 빠르게 묻는다.

"입맛에 맞느냐?"

아이는 두 번째 중배끼를 서둘러 삼킨 후 억양 없는 말투로 대답을 한다.

"맛있어요. 구운 인절미보다 훨씬 맛있어요."

아이에게서 상일의 모습을 본다. 상일 또한 그랬지. 구운 인절미보다는 중배끼를 더 좋아했지.

공부가 끝나기를 기다렸다가 훈장 집에서 업고 온 후엔 상일에게 음식을 만들어주는 것이 일과가 되었다. 여섯 살 아이와 주고받는 미묘한 긴장감으로 가득했던 그 시절 구운 인절미 다음으로 시도한 것이 바로 중배끼였다. 인절미에 이빨 자국을 남겼던 상일은 다행히 중배끼를 남기지 않고 다 먹었다. 하지만 아이처럼 '맛있게', '급하게' 먹지는 않았다. 그저 배고프니 어쩔 수 없이 먹는다는 식이었을 뿐. 다 먹고도 맛있다느니 또 먹고 싶다느니 하는 말은 쏙 빼고 고개만 푹 숙여 보이는 걸로 인사를 대신했을 뿐. 고집이 세고 줏대가 있는 아이라 쉽사리 속내를 드러내리라 생각하지는 않았으나 그래도 왠지 눈이 아프고 뺨이 시리고 마음이 허전해서 공부는 재미있느냐고 돌려 물었다. 상일의 얼굴이 밝아졌다. 상일은 혼자 공부할 때보다 훨씬 더 재미있다고 대답했다. 모르는 것을 그 자리에서 확인하고 새로운 것을 배울 수 있으니 기분이 좋다고 대답했다. 그러고는 조금 후 수줍은 얼굴로 아줌마, 고맙습니다 하고 작은 목소리를 덧붙였다.

노부인이 상일을 떠올리는 동안 아이는 접시를 싹싹 비웠다. 아이는 빈 접시를 사냥감인 양 매섭게 노려보며 말한다.

"배고파요."

"아직 배가 고프냐?"

"배고파요. 아무거나 맛있는 걸로 주세요."

"아무거나?"

"하지만 중배끼보다 훨씬 더 맛있어야 해요."

까다로운 아이, 만족을 모르는 아이. 아이의 성향을 정확히 맞혔다고 생각했는데 그건 아니었던 모양이다. 노부인의 머릿속에 음식 몇 개가 곧바로 떠오른다. 상일에게, 그리고 자신의 배로 낳은 아이들에게 해 먹였던 음식들이다. 증편, 약과, 밤설기떡, 빙사과. 이름조차 빛나고 아름다운 그것들을 만드느라 기울였던 시간과 노력이 새삼 그리워진다. 그 과정을 반복하는 것도 의미는 있을 터. 늙은 머리와 손에게는 오래간만에 추억을 되새기는 시간이 될 터. 하지만 배고파하는 아이에게, 맛있는 음식을 원하는 아이에게, 그러나 뭘 원하는지는 전혀 모르는 아이에게, 만족을 모르는 까다로운 아이에게 그것들을 차례로 만들어 선보이지는 않기로 한다.

"청어 젓갈은 어떻겠니?"

아이는 대답 대신 까르르 웃으며 손뼉을 친다. 그러고는 이내 느리고 음울한 콧노래로 돌아간다.

청어를 물에 씻으면 못쓰게 되니, 가져온 그대로 자연스럽게 닦아버려라.

청어 젓갈은 따로 준비하고 말 것도 없다. 젓갈을 담은 항아리를 열고 적당량을 꺼내 그릇에 담은 후 먹기 좋은 크기로 자르기만 하면 된다. 물론 젓갈의 단짝 친구인 따뜻한 밥 한 공기는 필수겠고. 아직 이른 아침이라 새로 밥을 한 지 얼마 되지도 않았으니 이 또한 안성맞춤이다. 아이가 그 짧은 사이를 못 참고 볼멘소리를 낸다.

"배고파요."

"곧 된다. 조금만 기다려라."

아이가 보일 반응을 생각하니 저절로 마음이 바빠진다. 아마 그렇겠지, 그럴 거야. 이 아이라면, 내 집을 찾아온 이 아이라면 분명 그럴 거야. 서두르다가 하마터면 문턱에 걸려 넘어질 뻔했다. 요즈음 들어 자주 있는 일이다. 조심하는데도 문에다 머리를 박고 기둥에도 머리를 박는다. 아프지만 티 내지 않고 시치미를 떼는 게 새로운 버릇이 되었다. 늙어서 비틀거리다 다쳤다는 사실이 알려져서 좋은 건 하나도 없으니까. 아이가 까르르 웃는다. 아이가 앉은 자리에선 부엌 안이 보이지 않을 텐데 마치 코앞에서 노부인의 실수를 목격한 것처럼 까르르 요란한 소리를 내며 웃는다. 못된 녀석. 짓궂은 녀석. 여섯 살 사내 녀석들이란. 괜히 민망해진 노부인은 목청을 높인다.

"다 되었다. 이제 간다."

무심코 젓가락을 들어 청어 젓갈을 집으려던 아이는 눈을 크게 뜬 채로 묻는다.

"아줌마, 이게 뭐예요?"

"청어 젓갈이란다."

혹시나 했는데 역시 그랬다. 아이는 상일과 똑같은 반응을 보였다. 음식을 보곤 놀라서 눈을 크게 뜬 것도, 음식 이름을 다시 확인한 것도 똑같았다. 노부인은 아이 곁에 가만히 앉아 곧 튀어나올 다음 질문을 기다린다.

"생긴 게 무척 흉한데요."

"그렇지?"

"냄새도 별로 좋지는 않은데요."

"그렇지?"

"이게 정말 맛있어요?"

"그럼."

"구운 인절미보다, 중배끼보다, 밤설기떡보다, 빙사과보다 훨씬 더 맛있어요?"

아이는 신통하게도 만들어주지도 않은 밤설기떡과 빙사과까지 입에 담는다. 아이의 엄마 또한 정성을 다해 여러 음식을 만들어주었던 모양이다. 이제 느긋해진 노부인은 일부러 약간 틈을 두었다가 느릿하게 말한다.

"상일이는 이렇게 대답했단다. 자신이 세상에서 맛본 음식 중 가장 훌륭하다고."

"거짓말 아니죠?"

"네 눈엔 내가 거짓말 할 사람으로 보이니?"

모양과 색깔, 그리고 냄새에 눈살을 찌푸리던 상일은 거듭 권하자 밥 한술을 입에 넣은 후 보약을 먹듯 마지못한 얼굴로 청어 젓갈을 입에 넣었다. 착하기도 해라! 청어 젓갈을 씹으면서 구겨졌던 얼굴이 조금씩 펴졌다. 상일은 감탄한 얼굴이 되어 솔직한 탄사를 내뱉었다.

"정말 맛있어요. 이렇게 맛있는 음식은 처음 먹어봐요."

그 표현을 듣고 얼마나 기뻤는지를 말이나 글로 표현하기는 불가능하다. 왈칵하는 뜨거운 느낌 때문에 가슴이 터질 것 같아 자신도 모르게 손가락 끝으로 가슴을 꼭꼭 눌렀으니까. 아직 어린아이에게 청어 젓갈이라는 어른의 음식을 내놓은 이유는 간단했다. 또래 아이들이 좋아할 만한 온갖 단 음식을 준비해 내놓았지만 상일의 반응은 늘 그저 그랬다. 있으니까 먹을 뿐, 배가 고프니까 먹을 뿐이라는 식의 태도였다. 어린아이가 일부러 그럴 리는 없었다. 상일은 고집이 좀 세기는 해도 나쁜 아이는 절대 아니었으니까. 그 착한 아이의 머리에 새로 온 '아줌마'를 일부러 괴롭히고픈 생각이 떠올랐을 리는 없을 테니까. 그렇다면 결론은 한 가지였다. 상일은 단 음식을 별로 좋아하지 않는 것이었다. 그럼 어떻게 해야 하나? 고민 끝에 떠오른 건 남편의 얼굴이었다. 상일의 아버지는 청어 젓갈 한 가지면 밥 한 그릇을 뚝딱 비웠다. 아버지가 좋아한다면 아이가 좋아할 가능성도 높다고 추론했다. 핏줄은 괜히 따지는 게 아니다. 대대로 이어져온 생각과 감정과 입맛 또한 그 가느다랗고 긴, 그러나 질긴 줄에 함께 품고 있기에 핏줄인 것이다. 그래서 약간은 모험하는 심정으로 청어 젓갈을 내놓았는데 적중했다. 처음 먹어본 청어 젓갈의 맛에 여섯 살 상일은 완전히 반했던 것이다.

아이는 밥 한 숟가락을 퍼서 입에 넣은 후 곧바로 청어 젓갈을 집는다. 감정을 속일 줄 모르는 아이의 동작엔 머뭇거림이 없다. 상일보다 훨씬 더 경쾌하다. 한 아이에겐 그 아이만의 세계가 있다. 그래서 지켜보는 재미가 있다. 아이는 밥과 젓갈을 씹은 후 아무 말도 하지 않는다. 휘파람을 불 것 같은 즐거운 얼굴로 곧바로 청어 젓갈을 집어 다시 입에 넣는다. 아이는 밥 한 그릇, 그리고 청어 젓갈이 바닥을 드러낼 때까지 아무 말도 하지 않고 집어서 넣고 씹는 일만을 반복한다. 마침내 더 먹을 것이 남아 있지 않게 되었을 때 아이는 까르르 웃는다. 아이가 말한다.

"아줌마, 이제 배가 불러요. 더 먹지 않아도 되겠어요."

"마음에 들었니?"

"그럼요. 먹기 전엔 몰랐는데 먹어보니까 알겠어요."

"뭘?"

"우리 엄마가 해주던 것과 똑같은 맛이에요."

맛있는 음식을 먹은 사람의 행복한 표정을 보는 것은 기쁜 일이다. 그 사람이 아직 어린아이일 경우엔 더더욱 기쁘다. 아이는 자리에서 일어난다. 기분이 좋은지 토끼처럼 마당을 깡충깡충 뛴다. 머리를 좌우로 흔들며 생글생글 웃는다.

"아줌마, 이제 가야겠어요."

"어디로? 갈 데는 있니?"

"있고말고요. 우리 엄마한테 가야죠."

"엄마는 어디에 계시니?"

"비밀 이야기 하나 해드릴까요?"

"그러렴."

"아무한테도 말하지 말라고 했는데."

"그럼 말하지 않아도 된다."

"아니에요, 아줌마한테는 얘기할래요. 엄마도 괜찮다고 하실 거예요."

"그렇게 나오니 정말 궁금해지는구나."

"엄마가 말했어요. 나무 위에서 기다리고 있으라고요. 되놈들이 사라지면 날 데리러 오겠다고요."

재잘거리던 아이가 갑자기 입을 닫고 하늘을 바라본다. 텅 비었던 하늘, 아니 꽉 찬 하늘에 무엇이 더 있나 싶어 눈길을 따르는 사이 아이는 훌쩍 뛰어오른다. 아이는 어느새 지붕 위에 올라가 있다. 아이가 한 번 더 훌쩍 뛰어오른다. 이제 아이는 보이지 않는다. 하늘 위로 사라진 아이를 두 눈으로 쫓으며 고개를 끄덕인다. 또 눈물이 주르르 흐른다. 눈물을 닦으며 그 옛날 상일이 청어 젓갈을 다 비운 후

50

한참 망설이다 조심스럽게 꺼냈던 말을 생각한다. 상일은 엄마, 라고 했다. 어머니도 아니고 엄마라고 했다. 상일은 엄마, 정말 고마워요, 하고 복숭앗빛 얼굴로 수줍게 말 선물을 내놓았다.

중문에서 삐거덕 소리가 난다. 툇마루에 앉아 있던 노부인은 시선을 중문 쪽으로 돌린다. 중문이 활짝 열리고 남자 하나가 씩씩한 걸음으로 안으로 들어온다. 노부인이 환해진 얼굴로 남자를 반긴다.

"상일이 왔느냐?"

이제 예순을 훌쩍 넘은 상일은 어릴 적 처음 봤던 아이의 얼굴을 하고 있다. 문을 넘자마자 순식간에 다시 어려져서 여섯 살이 된 상일은 노부인에게 인사를 건네다가 깜짝 놀란다.

"엄마, 이것들이 다 뭐예요? 구운 인절미에 빙사과, 증편, 중배끼까지. 모두 다 굉장한 음식들이네요. 우와 청어 젓갈도 있네요. 아무리 단것이 좋아도 밥도둑으로는 역시 청어 젓갈이 제일이지요."

방금 차린 단정한 상엔 음식들로 빼곡하다. 노부인은 글쎄, 아침부터 재미있는 아이가 나를 찾아왔단다, 하고 말을 꺼내려다 먹기에 바쁜 상일을 보고 고개를 젓는다. 음식에 푹 빠진 여섯 살 상일을 보며 그저 빙긋 웃는다. 상일이 숟가락을 바삐 놀리는 소리가 꿈속인 듯 멀게만 들린다. 노부인은 고개를 끄덕거리고는 지붕을 본다. 지붕 위로는 흰 구름 한 점이 느리게 흘러가고 있다. 텅 비거나 꽉 찬 하늘에 새로 생긴 흰 구름 한 점은 완벽하게 어울린다.

혹시나 아이가 있나 찾아본다. 아이의 흔적은 어디에도 없다. 지붕에도, 구름 위에도. 아이는 도대체 어디로 갔을까? 아이는 엄마를 만났을까? 눈을 감는다. 상일이 숟가락을 놓기를 기다린다. 여섯 살 상일의 입에서 엄마, 하는 소리가 꿀처럼 달게 흘러나오기를 기다린다. 오래간만에 가슴이 뜨거워진다. 상일아, 하고 아들의 이름을 부르며 눈을 뜬다. 상일은 없다. 음식들로 빼곡했던 상도 없다. 새로 그릇에 담은 청어 젓갈만이 주인을 기다리고 있을 뿐이다. 텅 빈 것처럼, 혹은 꽉 찬 것처럼.

3장 석류탕

어머니께서 일찍이 시를 지으셨다. 시어들마다 상쾌하고 단정하고 엄숙했다. 열 살 전후의 일이었다. 조금 더 자라자 시를 짓고 글 쓰는 일을 그만두셨다. 여자의 일로 마땅하지 않다고 여기셨기 때문이다.

《정부인안동장씨실기》 중에서

꿩이나 닭이나 기름진 고기는 썰어 두드리고

마당 구석에 핀 희거나 노란 들꽃을 무른 눈으로 한참 들여다보다가 습관처럼 부엌으로 향한다. 사람이 있다. 눈매가 학을 닮은 젊은 여인이 음식 만들다 말고 고개를 옆으로 살짝 숙이며 살갑게 인사를 건넨다.

"그간 안녕하셨어요?"

모르는 여인이다. 처음 보는 여인이다. 머릿속을 다 뒤져봐도 기억에 없는 낯선 여인이 노부인의 부엌에 쳐들어와 음식을 준비하고 있다. 부엌은 분주하다. 아궁이 위에 올린 솥엔 장국이 있고, 부뚜막엔 무, 미나리, 파, 두부, 표고버섯이 다듬어져 있다. 여인은 도마 위에 놓인 꿩고기를 잘게 다듬는 중이다. 노부인은 만들어지고 있는 음식이 뭔지 이미 짐작했다. 음식을 만드는 모양을 보니 위험해 보이지는 않는다. 노부인다운 능청으로 짐짓 아무것도 모르는 척 묻는다.

"뭘 준비하세요?"

"다 아시면서."

"잘 모르겠어요."

"석류탕이지요."

"아, 예."

대답을 듣고 나면 할 말이 있을 줄 알았는데, 정겨운 웃음과 대화가 저절로 이어질 줄 알았는데 그렇지는 않다. 할 말은 떠오르지 않고 분위기는 도리어 어색해진다. 여인의 활기찬 태도엔 변함이 없다. 침묵 따위는 상관하지 않는다. 자기 집 부엌인 양 편안하게 서서 꿩고기를 다듬는다. 그러다가 갑자기 손을 입에 대고 큭큭 웃는다.

"제가 누군지 전혀 모르시겠어요?"

웃음은 언제나 좋다. 나이가 들고 보니 더 좋다. 함께 웃고 싶지만 상대가 도대체 누구인지 조그마한 단서조차 떠오르지 않으니 지금은 그럴 수가 없다.

"네, 전혀 모르겠어요."

여인은 노부인을 똑바로 보며 다시 묻는다.

"정말로요?"

"모르겠어요."

여인은 얼굴이 잘 보이도록 손으로 머리를 넘기고 눈을 크게 뜬다. 귀도 따라 움직이는 것이 특이하다.

"이래도요?"

"네, 전혀요."

여인은 실망한 듯 입을 살짝 내민다. 아직 젊어서 그런지 뽀로통한 모습이 밉지가 않다. 음식 냄새가 코를 간질인다. 죽어 있던 호기심이 동한다. 정체불명 여인이 누구인지도 궁금하지만 남의 부엌을 제집인 양 차지하고 만드는 석류탕 맛에 대한 궁금증이 몇 배는 더 강하다. 여인은 토라졌는지 아무 말 않는다. 입술을 한 일 자로 만들고는 고기를 다듬는 일에만 몰두한다. 하지만 진중함은 여인의 특성이 아니다. 여인은 스스로 지어냈던 위엄을 견디지 못하고 이내 큭큭 웃으며 다시 노부인을 본다. 재미있어 죽겠다는 표정이다.

"아이 참, 정말 모르시겠어요?"

"나도 답답해요. 가족도 이웃도 아닌 분이 내 부엌에 있는 이유를 도무지 모르겠으니 말이에요."

"전혀요?"

"전혀."

여인은 흠흠, 목청을 가다듬는다. 여인의 입에서 시 한 편이 흘러나온다. 시를 읊은 목소리에 생기가 넘친다. 시의 내용은 정반대다. 학발와병, 행자만리, 행자만리, 갈월귀의…….

하얗게 머리가 세어 병들어 누웠네.

떠난 아들은 벌써 만 리 밖

만 리 밖으로 잡혀간 아들

어느 세월에 다시 돌아올까?

노부인은 뒷짐을 지고는 여인의 얼굴을 자세히 본다. 도무지 무슨 일인지 이해할 수가 없다. 고개를 갸우뚱하며 묻는다.

"내가 어렸을 때 지은 시네요."

"예, 맞아요."

"그것 참 이상하네요. 우리 가족 말고는 아무도 모르는데 도대체 어떻게 알고 있지요?"

"시를 짓는 모습을 보았고, 시를 읊는 소리를 들었으니까요."

"그게 무슨 말이지요?"

"제가 바로 이 시의 주인공이거든요."

"무슨 말도 안 되는 소리를…… 그럴 수는…….

노부인은 시작했던 말을 끝내지 못한다. 무슨 말을 이어야 할지 몰라서다. 다른 이유도 있다. 젊은 여인의 얼굴이 처음과 달라졌기 때문이다. 여인의 눈썹이 제일 먼저 하얗게 바뀌었고 머리카락이 그 뒤를 이었다. 변신한 여인은 활기가 넘쳐 호들갑스럽게 들릴 수도 있는 목소리로 묻는다.

"이제 제가 누군지 알겠죠?"

"그게……."

"제가 누구죠?"

"누군지 알기는 알겠어요, 학발부인."

"맞아요, 학발부인. 그 호칭 참 오래간만이네요."

"아, 학발부인이라고 부르면 안 되는데."

"괜찮아요. 저는 학발부인이라는 호칭이 마음에 쏙 드니까요. 그때도 그랬고 지금도 그래요. 제가 어떤 사람인지 단번에 설명해주잖아요."

노부인은 입을 벌린 채로 여인을 본다. 학발동안(鶴髮童顔)이라는 단어가 저절로 떠오른다. 무슨 조화일까. 학발, 즉 머리와 눈썹은 허옇게 세었는데 얼굴은 젊은 여인의 모습 그대로다. 변신을 하다 중단한 것인지, 저렇게밖에 안 되는 것인지는 잘 모르겠다. 어찌 되었건 눈앞에 있는 건 분명 학발부인이었다.

노부인이 학발부인을 만난 것은 열 살 때였다. 그 시절 학발부인은 지금처럼 밝은 모습의 여인이 아니었다. 학발부인의 얼굴엔 눈물 마를 날이 없었다. 아침에도 울었고 저녁에도 울었다. 밤에는 통곡을 했고 새벽에는 숨을 죽여 울었다. 학발부인의 눈물이 마을 한가운데 슬픔의 강을 새로 흐르게 했다. 지금의 노부인 나이만큼 늙었던 학발부인이 밤낮으로 운 까닭은 아들이 군대에 끌려갔기 때문이다. 장성한 아들이, 하나뿐인 아들이, 결혼을 해서 며느리도 있는 아들이 군대에 끌려갔기 때문이다. 그때 학발부인은 여든 살에 가까웠다. 노인의 몸은 튼튼하지 않은 법이다. 오래 울기에 적당하지 않은 법이다. 하루도 빼놓지 않고 눈물을 흘리면서 늙은 몸을 제대로 보전할 도리는 없었다. 학발부인은 견디다 못해 쓰러졌고 일어나지 못했다. 당연히 울음소리도 힘을 잃었다.

열 살 소녀의 머리로는 가난한 집의 외아들이 어느 날 갑자기 군대에 끌려간 이유를 정확히 알기는 힘들었다. 나라, 신분, 금전의 의미를 모두 파악하고 있어야 가능한 일이었으니까. 아무리 열 살 소녀라도 학발부인의 눈물이 뼈를 부수고 피를 토하며 흐른다는 건 능히 짐작할 수 있었다. 뼈가 부서지고 피가 흐르는 괴로움을 감수하고서 왜 우나? 아프니까. 사람은 몸이건 마음이건 아프기에, 견딜 수 없기에 우는 것이니까. 그런데 너무 울다 쓰러져 이제 그 눈물마저 제대로 나오지 못하게 된 것이다. 마음도, 뼈도, 피도 온전하지 못하므로. 남의 집 일이라고 그냥 두고 보아서는 안 되었다. 뭐라도 해야 했다. 열 살 소녀는 어머니와 상의를 했다. 다음 날 음식 하나를 싸들고 학발부인을 찾았다. 양반집 처자가 찾아왔다는 말에 학발부인은 몸을 일으켰다. 그러지 말라고 만류해도 듣지 않고 기어이 몸을 일으켰다. 열 살 소녀가 준비해간 석류탕을 국물까지 다 마시곤, 열 살 소녀의 시를 끝까지 듣곤 한동안 멈추었던 울음을 다시 터뜨렸다.

자신의 책무를 다한 여인의 눈썹과 머리카락은 다시 검어진다. 오래 살아서 좋은 일도 있다. 이런 귀한 만남도 있으니. 노부인은 젊은 여인의 손을 꼭 잡으며 말한다.

"저에게 석류탕을 만들어주려고 오신 거로군요."

"맞아요. 그게 제가 할 일이지요. 그런데 그게 전부는 아니에요."

"그럼?"

"뭘까요?"

"이제 머리도 어두워져서 잘 모르겠어요."

"정말 모르겠어요?"

"네, 전혀요."

"당신은 제가 팔십 평생에 처음 만난 시인이기도 했어요. 이러면 좀 알겠어요?"

"그러면……."

"당신의 시를 더 듣고 싶어요. 석류탕과 시를 맞바꾸는 셈이니 그리 나쁜 거래는 아니겠죠?"

무나 미나리나 파와 함께 두부, 표고, 석이버섯을 함께 두드려 기름간장에 후춧가루를 넣고 볶아 만두소처럼 만든다.

이제 여인은 만두소를 만든다. 잘 다진 꿩고기와 채소, 두부, 버섯을 고르게 섞는다. 후추를 뿌려 버무린 후 기름에 살짝 볶는다. 노부

인은 여러 재료가 어우러져 내는 향긋한 냄새에 마음이 설레는 것을
느끼며 약속대로 첫 번째 시를 읊는다.

> 성인과 같은 시대에 태어나지 못해
> 성인을 직접 뵌 적은 없으나
> 성인의 말씀은 들을 수 있으니
> 성인의 마음 또한 능히 볼 수 있는 것.

여인이 주걱을 저으며 평을 내놓는다.

"성인이 남긴 말씀을 열심히 읽으면 마음도 알 수 있다. 마음을 안
다는 건 특별한 일이니 직접 뵈는 것과 다를 바 없다는 뜻이 담긴 시
로군요. 언제 지은 건가요?"

"어렸을 때 지은 시랍니다. 아마 열 살 무렵이었던 것 같아요."

"좋아요, 아주 좋아요. 어려운 단어 하나 없이도 공부가 뭔지 제대
로 설명하고 있네요."

여인의 평을 들으며 아버지를 생각한다. 아버지가 아니었다면 시
는 결코 지을 수 없었을 터. 아버지가 직접 시를 가르쳤다는 뜻은 아
니다. 아버지는 시를 사랑하지는 않았다. 아버지는 시인이라기보다
는 학자였다. 시나 문장보다는 경서를 훨씬 더 귀하게 여겼다. 그럼에
도 시를 지을 수 있었던 것은 오로지 아버지 덕분이라고 말할 수밖에
없다. 아버지는 유독 책에 흥미를 보이는 어린 딸에게 《천자문》을 건

넸고, 《시경》을 선물했고, 당송팔대가의 시집을 일부러 방 안에 남겨 놓았다. 시를 처음 지었을 무렵 아버지는 딸의 성취에 크게 기뻐하는 모습을 여러 차례 보였다. 자신이 가르치던 학동들도 모르는 것을 어린 딸이 자세히 알고 있더라는 이야기를 어머니에게 꺼내놓으며 뿌듯해했고, 어린 딸이 쓴 글씨가 중국 명필과 다를 바 없다는 친구의 아부 섞인 말에는 얼굴에 피어나는 함박웃음을 좀처럼 숨기지 못했다.

"그런 아버지셨으니 이 시도 크게 칭찬하셨겠네요."

노부인은 고개를 살짝 돌려 밖을 본다. 인기척이 난 것도 아니니 특별한 뭔가가 밖에 있을 리는 없다. 노부인은 아무도 없는 걸 꼼꼼하게 확인하곤 다시 여인을 보며 말한다.

"아버지는 석류탕을 무척 좋아하셨어요. 아버지 방에 처음으로 석류탕을 들고 갔던 때 또한 아마 그 즈음이었을 거예요."

손수 만든 석류탕은 아니었다. 아직 음식 만드는 법을 배우기 전이라 어머니가 만든 석류탕을 들고 가기만 한 것이었다. 아버지는 밤마다 약주 한 잔씩을 마시는 습관이 있었고, 그때마다 석류탕을 찾았다. 어머니가 만든 석류탕을 해주반 위에 놓고 나가려 했는데, 아버지가 손목을 살짝 잡았다. 할 말이 있다며 잠깐만 앉으라고 했다. 시에 대한 칭찬을 하실 거라고 어린 마음에 마음대로 짐작했다. 어린 딸에게 아버지는 하늘이었다. 받아도 또 받아도 좋은 것이 아버지의 찬사였기에 가슴이 빠르게 뛰었다. 하지만 아버지는 그날 처음으로 딸의 기대를 배반했다. 시 이야기는 꺼내지도 않았다. 경전의 중요성에 대한 이야기만 잔뜩 꺼내놓았다. 이미 다 알고 있는 이야기들, 그 당시에도 이미 여러 번 들어 귀에 새겨졌던 이야기들. 다른 게 있었다면 평소보다 더 장황했다는 것뿐이었다. 이야기를 마친 아버지는 앞으로의 삶을 풍요롭게 만들 귀한 선물을 주겠다고 말했다. 선물이라는 말에 좋은 시를 읽었을 때처럼 마음이 설렜다. 떨리는 손으로 아버지가 건네는 책 한 권을 받았다.

"아버지는 제게 새 책을 선물하셨지요. 꼿꼿했던 선비 조광조가 평생 사랑했던 책, 바로 《소학》이었지요."

밀가루를 곱게 다시 쳐서 물에 반죽하여 지지되, 얇게 만두피를 빚듯이 한다.

이제 여인은 밀가루를 반죽한다. 체로 쳐서 얻은 고운 밀가루에 물을 섞어 반죽을 한 후에 밀개로 민다. 피부처럼 얇은 반죽이 익힌 소를 부드럽게 감싸는 만두피의 역할을 할 것이다. 노부인은 둥근 반죽이 납작해지고 얇은 피로 변신하는 과정을 지켜보며 약속대로 두 번째 시를 읊는다.

내 몸은 곧 부모의 몸
어찌 공경하지 않겠는가.
내 몸이 욕을 당하면

부모의 몸 또한 욕을 당하는 것.

여인이 만두피의 상태를 살피며 평을 내놓는다.

"내 몸이 욕을 당하면 부모의 몸 또한 욕을 당한다는 구절이 인상적이에요. 아, 솔직히 말해도 될까요?"

"네, 의례적인 칭찬은 안 하셔도 된답니다. 느낀 그대로 이야기해주세요."

"《소학》을 꽤 열심히 공부하셨나 봐요."

"그랬지요, 다른 사람도 아닌 아버지께서 직접 당부하셨으니까."

"뭐랄까, 정확히 《소학》의 냄새가 나요. 《소학》을 읽고 느낀 것을 그대로 시로 옮긴 것 같아요, 지나치게 솔직한 독후감처럼. 그 책에 이런 구절이 있잖아요. 어버이가 상하면 뿌리가 상하는 것이다, 뿌리가 상하면 가지도 상한다…… 아이쿠, 별일이네요. 무식으로 똘똘 뭉친 내가 어떻게 《소학》을 다 알까요?"

여인의 솔직한 평을 들으며 아버지를 생각한다. 아버지에게 이 시를 내밀었던 날, 사방이 어두워지자 또다시 석류탕을 들고 사랑방을 찾았다. 이번 석류탕은 특별했다. 처음으로 만들어본 석류탕이었기 때문이다. 물론 아직 어렸던 만큼 완전히 혼자서 만들 수는 없었다. 어머니와 함께 재료를 준비했고, 소를 볶았고, 만두를 빚었다. 중간 중간 필요한 조언을 건네고 손으로 도움을 주었던 어머니의 칭찬이 기억난다. 처음임에도 만두를 석류처럼 예쁘게 빚었다는 칭찬. 어쩌면 음식을 잘 만드는 사람이 될 수도 있겠다던 칭찬. 아버지는 칭찬 대신 '말'을 했다. 시에 관한 말도, 음식에 관한 말도 아니었다. 아버지는 딸이 만든 석류탕을 먹으며 《소학》에 대한 말을 했다. 지난번과는 달리 귀에 쏙쏙 들어왔다. 그건 그동안 《소학》을 꾸준히 읽으며 《소학》의 가르침에 맞춰 살려고 노력해왔기 때문일 터. 제법 길었던 《소학》 강의를 마친 아버지는 잠깐 머뭇거리다가 책 한 권을 건넸다.

"아버지는 제게 새 책을 선물하셨지요. 그건 바로 왕실의 큰 어른이셨던 소혜왕후가 여인들을 위해 지은 책, 《내훈》이었지요."

고기 볶은 것과 잣가루를 함께 넣어 손으로 떼어 집기를 작은 석류 모양처럼 둥글게 집는다.

이제 여인은 만두를 빚는다. 석류탕을 만드는 과정 하나하나가 중요하지만 만두를 빚는 과정의 중요성은 아무리 강조해도 지나치지 않다. 석류탕의 이름이 바로 만두의 모양에서 유래했기 때문이다. 여인은 솜씨가 좋다. 몇 번 만지지도 않았는데 적당한 크기의 석류가 속속 탄생한다. 노부인의 손가락이 가만히 있지 않는다. 자꾸 만두피를 향해 꼼지락거린다. 함께 만들고 싶어 안달복달한다. 노부인은 엄한 눈으로 손가락을 혼낸다. 지금 노부인의 일은 만두 만드는 일이 아니다. 여인은 석류탕을 만들고 노부인은 시를 읊어야 한다. 그것이 약속이었으니까.

창밖에 부슬부슬 내리는 비

자연스레 내리는 빗소리

내 마음 또한

자연이라네.

여인은 쉴 새 없이 움직이던 손을 잠깐 멈춘다. 노부인을 뚫어지게
쳐다본 후 입을 연다.

"내리는 비에 무슨 이유가 있는 것도 아니겠지요. 그저 내릴 때가
되었으니 내리는 것이겠지요. 시에서는 자연스럽게 내리는 비의 아름
다움을 말하고 있군요. '내 마음 또한 자연'이라는 구절엔 단순하고
소박하면서도 아름다운 깨달음이 있네요."

"어떤가요?"

"좋아요, 정말 좋아요. 솔직히 말해도 될까요?"

지금까지 줄곧 솔직히 말하지 않았던가? 그러나 군말은 달지 않기
로 한다.

"제가 바라는 거예요."

"처음 두 편은 뭐 나쁘지는 않았어요. 그런데 왠지 도덕 교과서 같
은 느낌이 들었어요. 무슨 말인지 알겠죠? 정이 좀 안 간다고나 할까,
지나치게 모범생 티가 난다고나 할까……. 그런데 이 시는 정말 좋아
요. 《시경》의 시들이 그렇듯 솔직하고 기발한 면이 있네요. 이렇게 말
하면 되겠네요. 시 또한 비처럼, 석류처럼 자연스러워요."

"고마워요."

"고맙긴요. 워낙 좋은 시라 아버님께서도 이번엔 그냥 넘어가시지는 않으셨을 것 같아요."

여인의 짐작은 맞았다. 아버지는 이 시를 앞의 시들처럼 모른 체하고 그냥 넘어가지 않았다. 그날 저녁의 석류탕은 거의 혼자서 만들었다. 어머니가 곁에서 지켜보기는 했지만 불을 조절할 때 말고는 거의 손을 내밀지 않았다. 석류탕을 들고 아버지 방에 들어갔을 때의 기분은 전과는 달리 편안했다. 이미 두 번의 경험이 있었기에 별다른 기대는 하지 않았다. 시평에 대한 기대보다는 석류탕 맛에 대한 평가가 더 궁금했을 정도로. 예측과는 달리 아버지는 처음부터 끝까지 시에 대한 이야기만 했다. 시평은 여인의 그것과 크게 다르지 않았다. 소박하다, 아름답다, 솔직하다, 기발하다는 말이 그대로 쓰였다. 기쁨을 숨기느라 자신도 모르게 발가락을 꼼지락거렸던 기억이 생생하다. 옛날 일이 꼭 어젯밤의 일 같다. 이어지는 칭찬에 조금 민망해져서 목에 살짝 힘을 주곤 석류탕 맛은 어떤지 물어보았다. 아버지는 어머니 것보다 낫다는 믿기 어려운 찬사를 슬며시 내비치고는 다시 시 이야기로 돌아갔다. 그런데 그 짧은 사이 뭔가가 바뀌었다. 석류탕 맛을 평가한 후로 이야기의 내용이 바뀌었다. 말로 설명하기 어려운 아버지의 이야기, 앞뒤가 전혀 맞지 않는 아버지의 최종 선언을 간단히 요약하면 이렇다.

"너는 시를 참 잘 쓴다. 그러니 앞으로는 시를 쓰지 마라."

그날 아버지는 게으름 피우지 말고 평생 간직하고 읽어야 한다는 설명과 함께 책 한 권을 건넸다.

"아버지는 제게 새 책을 선물하셨지요. 그건 바로 《예기》였어요."

맑은 장국을 안쳐 매우 끓거든 국자로 뜨되 한 그릇에 서너 개씩 떠 술안주에 쓰라.

이제 여인은 끓는 장국에 만두를 넣는다. 조심스럽게 만두를 넣은 후로는 온전히 음식에만 집중하고 있다. 입술을 꼭 다문 표정으로 아무 말 없이 만두가 익기만을 기다리고 있다. 여인의 일이 막바지에 이르렀으니 어울리는 시도 한 편 읊어야 할 것이다. 그러나 노부인의 입은 꽉 다물어진 채로 열리지 않는다. 약속을 어긴 것이 아니다. 나름의 사정이 있다. 평생 썼던 시를 이미 여인에게 다 들려주었던 것이다. 더 읊고 싶어도 남은 시가 없다. 얼마 전 손자들에게 써주었던 시 비슷한 글이 있기는 했다. 그러나 그것은 손자들에게 건네는 교훈을 시의 형태로 쓴 것일 뿐, 진짜 시는 아니었다. 어린것들이 책을 읽는 모습이 귀여워 재미 삼아 쓴 글일 뿐 진짜 시는 아니었다. 진짜 시가 뭐냐고 묻는다면 답하기 어렵다. 노부인이 시인은 아니었으니까. 그래도 손자들에게 써준 그 글이 시가 아니라는 것만큼은 분명하다. 다행히 여인은 왜 시를 읊지 않느냐고 채근하지 않는다. 노부인의 사정을 듣지 않고도 다 아는 것처럼 이제는 조신한 여인이 되어 음식의 완성에만 주의를 기울인다. 다리가 조금 저려오기 시작할 무렵 마침내 여인이 환하게 웃으며 말한다.

"다 되었어요."

여인이 그릇에 석류탕을 옮겨 담는 것을 보며 생각한다. 아버지가 선물한 《예기》를 매일같이 읽던 시절을 떠올린다. 《예기》는 《소학》이나 《내훈》과 크게 다르지 않았다. 내용만 보자면 사실 그 책들은 쌍둥이 같았다. 다만 《예기》에는 흔적이 있었다. 아버지가 미리 밑줄을 그어놓은 흔적이 책 여기저기에 가득했다.

여자아이는 열 살이 되면 밖에 나가지 않는다.

어른의 말을 듣고 순종하는 법을 배운다.

여자는 여자의 일을 배운다…….

영민한 아이였기에 아버지가 밑줄 그은 뜻을 단번에 알아챘다. 《소학》과 《내훈》에 이어 《예기》를 권하고 자신이 앞서 썼던 두 편의 시에 대해서는 한마디도 하지 않은 이유를 비로소 깨달았다. 시를 짓는 것은 여인의 일이 아니었던 것. 성인의 책인 《예기》 어디에도 시 짓기를 권장하는 내용은 없었던 것. 그렇다면 세 번째 시를 유독 상찬한 까닭은 무엇인가? 한때 벗이었던 시와 좋게 이별하도록 아버지 나름으로는 배려한 것이다. 그럼에도 아버지의 뜻은 명확했다. 그 시는 여자아이로서, 아니 여인으로서 짓는 마지막 시가 되어야 했다.

'하지만 《예기》를 통해 전혀 생각하지 못했던 인생의 새로운 벗을 만나기도 했지요.'

노부인은 음식을 들고 방으로 들어서는 여인의 뒷모습을 보며 속으로 말한다. 《예기》에는 뜻밖에도 음식에 관한 아름다운 구절들도 있었다. 이를테면 다음과 같은 것들. 봄에는 신맛, 여름에는 쓴맛, 가을에는 매운맛, 겨울에는 짠맛이 많아야 한다! 먹을거리는 봄처럼 따뜻해야 하고, 국물은 여름처럼 더워야 하고, 장은 가을처럼 서늘해야 하고, 마실 것은 겨울처럼 차야 한다!

시를 짓지 못한다면 꼭 시처럼 들리는 《예기》의 그 구절들이라도 마음에 담아두어야 했다. 노부인이 음식을 대하는 태도는 바로 《예기》에서 비롯된 것이었다. 노부인은 《예기》에서 사계절, 그리고 그 사계절을 살아가는 사람들에게 어울리는 음식을 배웠던 것! 그러니 아버지에게 진정으로 고마워해야 할 터. 시 짓는 삶이 아닌, 다른 이들을 배불리 먹이기 위해 음식을 만드는 시적인 삶을 살아올 수 있었던 건 결국은 아버지 덕분이었던 것!

방 안에 들어선 노부인의 눈에 석류탕이 놓인 해주반이 제일 먼저 들어온다. 아버지가 쓰던 해주반 위에 놓인 석류탕은 당연히 한 그릇뿐이다. 여인이 권하듯 손바닥을 뒤집어 내민다. 먼저 드세요, 맛을 보세요, 미안해서 어쩌나 등등의 겸손과 사양의 말은 역시 생략하기로 한다. 숟가락을 들어 국물 맛을 본다. 석류를 닮은 만두를 하나 입에 넣는다. 부드럽다. 향기롭다. 훌륭하다. 여인은 어릴 적 어머니가 만들어주었던 석류탕을 그대로 재현해냈다. 다시 써야겠다. 여인이 재현한 것은 노부인 자신이 아버지에게 들고 갔던 석류탕일 것이다. 그 석류탕을 만든 이가 다만 어머니였을 뿐.

여인이 갑자기 시를 읊어달라고 조르듯 말한다. 더 읊을 시가 없음을 뻔히 알고 있으면서도 전후 사정에 대해 아무것도 모르는 사람처럼 시를 읊어달라고 간청한다. 말로는 모자랐는지 손까지 모은다. 어쩔 수 없다. 그렇다면 읊었던 시를 되풀이라도 해야겠다. 그 옛날 학발부인에게 들려주었던 시를 다시 한번 머릿속에서 꺼낸다.

> 하얗게 머리가 세어 병에 붙들려 있네.
> 서산에 지는 해
> 하늘에 손 모아 빌어도
> 대답은 없네.

읊고 보니 입안이 조금 쓰다. 여인이 아니라 꼭 스스로에게 들려주는 시 같다. 우울하지는 않다. 그냥 그렇다는 것뿐. 시가 끝나자마자 여인은 손가락으로 눈가를 살짝 훔친 뒤 손바닥으로 노부인의 손목을 살짝 때린다. 그러고는 타박하듯 말한다.

"음식을 만드는 것도 좋지만 시도 쓰세요. 음식을 만드는 이가 시를 쓰면 안 되는 이유를 도무지 모르겠어요. 시 쓰던 손으로 음식을 만들면 음식이 상하기라도 한답니까?"

여인의 말은 옳다. 구구절절 옳다. 노부인 또한 그 사실을 내내 알고 있었다. 그런데도 《예기》를 읽기 시작한 후 오늘에 이르기까지 시는 써본 적이 없다. 단 한 편, 단 한 줄 써본 적이 없다. 더러운 것도 아닌데, 무서운 것도 아닌데 오십 보 백 보 전부터 마주칠까 무서워 고개 숙이고 피해가기만 했다. 아버지만 비난해서는 안 된다. 아버지는 그저 한 시대를 사는 사람으로서 느낀 바를 말했을 뿐이니까. 시를 중단한 건 노부인 자신이었으니까. 시적인 음식을 만들고 있다고 위안하며 살아왔던 건 노부인 자신이었으니까. 그렇다면 이제 마음을 바꿔먹고 싶다. 시인이 되고 싶다. 늦었을까? 그렇지는 않다고 생각한다. 주름은 깊어졌고 머리는 둔해졌어도 아직 살아 있으니 늦지는 않았다고 생각한다. 숨을 쉬는 한 가능성은 남아 있다고 생각한다. 죽기 전에 훌륭한 시 한 편을 더 쓰고 싶다. 소박하면서도 아름다운 시를! 단순하면서도 깊은 시를! 갓 만든 음식처럼 맛있는 시를!

"써볼게요."

노부인은 모처럼 활짝 웃으며 말한다. 말을 한 후에야 깨닫는다. 이미 여인은 사라지고 없다. 방 안엔 언제나처럼 노부인 혼자만 있을 뿐이다. 노부인은 좋은 곳으로 가세요, 하고 중얼거린다. 여인이 만들어놓고 간 석류탕의 국물을 마시고 만두를 하나 더 입에 넣는다. 홀로 웃음을 짓는다. 《예기》에서 원하는 바로 그 맛이다. 봄, 여름, 가을, 겨울 같은 맛!

이제 사계절을 닮은 시를 다시 써야겠다. 봄처럼 따뜻하고, 여름처럼 뜨겁고, 가을처럼 서늘하고, 겨울처럼 차가운 시를! 시고 쓰고 맵고 짠 시를!

이제 인생을 닮은 시를 다시 써야겠다. 소녀처럼 산뜻하고, 여인처럼 성숙하고, 어머니처럼 자애롭고, 노인처럼 지혜로운 시를!

노부인은 어느새 텅 빈 그릇을 보며 다짐하듯 중얼거린다.

시를 쓰자.

시인이 되자.

숨 쉬며 살아 있는 한 시인이 되어 시를 쓰자.

4장 붕어찜, 대구껍질 느르미

둘째 아들 휘일은 어머님의 몸으로 낳은 첫 번째 아들이었다. 행실이 특히 어질어 어머님께서 특별히 사랑하셨다.

《정부인안동장씨실기》 중에서

휘일이 왔다.

어릴 적부터 한없이 착했던 아들 휘일이 왔다.

휘일은 빈손으로 오지 않았다. 유난히 착했던 아들답게 망태기를 짊어지고 왔다. 휘일은 인사를 끝내기 무섭게 망태기에 든 물건부터 꺼낸다. 세상에, 붕어다. 한 자가 넘는 커다란 붕어다. 붕어는 살아 있을 적엔 반짝반짝 황홀하게 빛났을 은백색 배를 지상의 세계에 무기력하게 노출한 채 마른 마당에 누워 있다. 착한 아들 휘일은 늘 침착한 사람이기도 했다. 말을 절제할 줄 아는 휘일, 공을 내세우지 않는 휘일, 나가기보다는 물러서는 휘일. 그런 휘일이 이 붕어에 대해서는 할 말이 많은 것 같다. 그래서일까. 휘일의 목소리는 평소와 달리 잔뜩 들떠 있다. 바로 옆에 있는데도 높은 곳에서 말하는 것처럼 들린다. 비유하자면 꼭 지붕 위에 올라가 노부인에게 큰 소리로 외치는 것처럼.

"어머니, 오늘 아침에 무슨 일이 있었는지 아세요?"

"글쎄, 잘 모르겠구나."

"제가 사는 집 앞에 시내가 흐르고, 그 위에 전 왕조 고려 때 지은 무지개다리가 있는 건 아시지요?"

"그거야 잘 알지. 예전에도 돌로 된 그 무지개다리를 건너 너의 집에 이르렀으니까."

"그 크지 않은 시내에, 특히 무지개다리 아래에 붕어 떼가 몰려 있는 건 아시지요?"

"본 적은 없다만 아마 그렇겠지. 물살이 세지 않은 곳엔 늘 있는 녀석들이니."

"맞아요, 늘 있는 녀석들이지요. 아침에도, 낮에도, 저녁에도, 아마 밤에도. 어제도 있었는데 오늘도 있더라고요."

"오늘이 어제와 다를 건 아니니 오늘이라고 없을 리는 없겠지."

"오늘도 어제처럼 아침에 일찍 일어났어요. 마음을 가다듬으려고 평소처럼 집 주위를 걸어서 천천히 산책하는데 무지개다리 아래 수초 근처에 붕어들이 여전히 많이들 모여 있더라고요. 어제 저녁에 보앉을 때와 똑같았지요."

"그랬구나, 그래서 어떻게 했니? 생기 넘치는 물고기 떼를 보면서 퇴계 선생님처럼 훌륭한 시라도 한 편 지었니?"

"시도 좋겠지만 이번엔 붕어를 잡기로 마음을 먹었지요."

"휘일이 네가?"

"네, 제가요."

"정말?"

"정말요."

"어쩌다 그런 생각을 했니?"

"붕어를 잡아 어머니와 함께 나눠 먹으면 참 좋을 것 같아서요."

"흥미로운 일이로구나. 그래서 어떻게 했느냐?"

"행랑아범에게서 그물을 빌려 시내에 들어갔어요."

노부인은 아이처럼 신난 아들을 보며 소리 없이 웃는다. 다른 아이도 아닌 휘일이 그물로 붕어를 잡으려는 시도를 했다니, 도무지 믿기지 않는다. 휘일은 어려서부터 영특한 아이였다. 여섯 살도 되기 전에 《맹자》를 읽었고 열 살 조금 넘어서는 웬만한 어른들도 손사래를 치는 《주역》을 깨우쳤다. 여러 손자들 중 휘일을 특히 사랑한 시아버지의 가르침이 조금 있기는 했으나, 피붙이는 직접 가르치지 않는다는 신념을 가진 분이라 말 그대로 관심 차원이었지 제대로 된 교육이라 보기는 어려웠다. 그러므로 《맹자》와 《주역》은 사실상 휘일 스스로 깨우친 것이나 마찬가지였다. 십 대가 된 휘일의 스승 역할을 한 것은 노부인의 아버지였다. 언제나 똑똑하고 착실한 학생이었던 휘일은 외할아버지의 가르침을 머리와 마음으로 익혔다. 익혔다기보다는 삶의 모범으로 삼고 그대로 따르기 위해 노력에 노력을 했다. 휘일이 벼슬길로 통하는 지름길인 과거를 아예 외면하고 산림에서 공부를 하는 길을 택한 것 또한 그래서였다. 선택은 옳았다. 지금 휘일은 퇴계 선생이 세운 도산 서원의 원장이 되어 후학 양성에 온 힘을 다하고 있다. 못난 어미들이 그렇듯 아들 자랑을 푸지게 늘어놓으려는 게 아니다. 하늘은 휘일에게 뛰어난 머리를 선물하는 대신 손재주는 부여하지 않았다. 무슨 말인가 하면 휘일은 머리가 아닌 손을 써서 해야 하는 일에는 그야말로 젬병이었다. 젓가락질을 익히는 데에도 수년이 걸렸고, 가난한 선비의 훌륭한 벗인 당나귀 등에도 제대로 오르지 못했다. 피나는 연습 끝에 글씨만큼은 그럭저럭 나쁘지 않다는 평을 받게 되었으니 다행이라면 다행이었다. 그런 휘일이 행랑아범의 그물을 챙겨 시내에 직접 들어갔다는 것이다. 노부인과 함께 먹을 붕어를 잡기 위해서.

노부인은 눈을 가늘게 뜨고 붕어를 살핀다. 동그란 눈이 멀쩡히 달려 있다. 이미 죽었으니 증명할 방법은 없지만 눈동자가 아직 맑은 것으로 보아 눈먼 물고기는 아닌 것 같다. 평생 지켜본 어머니로서 아들의 솜씨를 여전히 신뢰하지 않지만 믿건 안 믿건 증거물이 떡하니 누워 있는 판이니 인정하지 않을 도리는 없다.

"휘일아, 오해는 말아라. 네가 정말 그물로 이 붕어를 잡았다는 말이냐?"

"어머니도 참, 제 무딘 손재주 잘 아시잖아요?"

"잘 알지, 아주 잘 알고말고."

그럼 도대체 어떻게 된 일일까? 휘일의 효성에 감동한 붕어가 날 잡아가세요, 전 살 만큼 살았거든요, 죽는 날은 제 의지로 결정하고 싶어요, 하며 스스로 머리를 내밀기라도 했다는 말일까?

"그물질이 쉽지 않더라고요. 눈에 뻔히 보이는데도 막상 그물을 대면 붕어들은 이미 다 빠져나간 후였지요."

휘일이 생글생글 사람 좋은 웃음을 짓는다. 휘일은 스스로의 이야기에 폭 빠져 있는 것 같다. 슬슬 이야기의 결말이 궁금해졌지만 급한 일이 있는 것도 아니니 채근하지는 않기로 한다. 무엇보다도 아이 같은 휘일의 모습을 실로 오래간만에 보니까.

"알겠다. 그래서 어떻게 되었니?"

"그물질을 몇 번 하다가 내 손에 잡힐 만큼 한심한 붕어는 역시 없나 보다, 하곤 그물을 접었지요. 포기를 하긴 했지만 마음이 좀 허전하고 아쉬워서 붕어 떼를 보고 있는데 갑자기 하늘에서 가마우지 한 마리가 시내를 향해 돌진하는 게 아니겠어요?"

"가마우지가?"

"네, 몸통이 온통 진갈색인 가마우지가요."

"진갈색 가마우지가?"

"가마우지는 붕어 한 마리를 곧바로 낚아챘어요. 한 자가 넘는 커

다란 붕어를 긴 부리로 물고 서선 의기양양한 표정으로 저를 보았어
요.”

“그럼 가마우지에게서 붕어를 빼앗은 거냐?”

“어머니도 참! 날개도 달려 있는데다가 몸까지 날랜 가마우지가 설
마 저한테 붕어를 빼앗겼겠어요?”

“그건 그렇구나.”

“설령 가마우지가 한눈을 팔았다고 쳐요. 어머니 눈엔 제가 가마우
지 부리에서 붕어를 빼앗을 사람으로 보이세요?”

“그렇지는 않지. 미안하구나.”

노부인의 얼굴이 붉어진다. 농담 삼아 한 말이었지만, 휘일 또한 오
래간만에 동심으로 돌아가 농담 반 진담 반으로 대꾸를 했겠지만, 노
부인은 정말로 휘일에게 미안함을 느낀다. 어려서부터 휘일은 다른
아이들과 좀 달랐다. 뭐랄까, 빼앗는 사람이 아니라 베푸는 사람이었
다. 휘일은 이복형인 상일을 무척 잘 따랐다. 상일이 감기에 걸려 자
리에 눕자 휘일은 그 좋아하던 빙사과를 먹지 않고 챙겨두었다. 혼자
먹는 게 미안해서 도저히 먹을 수가 없다면서. 휘일은 동생인 현일을
끔찍이 챙기는 인정 많은 형이기도 했다. 현일은 아이들 중에서 가
장 욕심이 많은 편이었다. 어린 현일에게 욕심은 식탐으로 나타났다.
덜 주는 것이 아닌데도 남보다 한 숟가락이라도 더 먹으려 애를 썼으
며, 맛있는 음식이 있을 경우 혼자 독차지하려는 이기적인 행동을 자
주 보였다. 다른 건 몰라도 자기만 생각하는 짓은 결코 용납할 수 없

었기에 그때마다 혼을 내고 음식을 빼앗았지만 큰 효과는 없었다. 휘일 때문이다. 그때마다 휘일이 자기 먹을 것을 남겨놓았다가 현일에게 몰래 양보했기 때문이다.

"그런데 생각해보면 가마우지에게서 붕어를 빼앗은 거나 다름없기는 해요."

"그건 또 무슨 말이냐?"

"어머니, 이제부터 제가 하는 말 잘 들으세요."

"지금도 잘 듣고 있다."

"더 잘 들으셔야 해요."

"알겠다. 귀 바짝 세우고 더 잘 들으마."

"가마우지가 천천히 저에게로 다가오더니 부리로 제 손을 툭툭 치는 거예요. 놀랍기도 하고 신기하기도 해서 저도 모르게 손바닥을 벌렸더니 붕어를 뱉어버리고는 이렇게 말하는 거예요. '어머니와 함께 드세요.'"

"정말 그렇게 말했니?"

"하하, 어머니도 참. 가마우지가 어떻게 말을 하겠어요? 그건 제가 덧붙인 거예요. 재미있으라고요."

"재미있구나."

"재미있죠? 하지만 가마우지가 제 손을 툭툭 치고 물고기를 건넨 건 틀림없는 사실이에요."

"그렇구나. 가마우지가 그랬구나."

"제 말 믿으시지요? 비꼬는 것 아니죠?"

"믿고말고. 거짓말은 네 장기가 아니니까. 게다가 나는 비꼬는 건 별로 좋아하지 않는다."

"네, 맞아요, 저는 거짓말을 잘 못하지요. 살아오면서 어설프게 거짓말을 시도한 적은 몇 번 있었는데 그때마다 어머니에게 딱 걸렸지요."

적당한 사례가 있다. 휘일이 결혼을 하기 얼마 전의 일이었다. 이웃집으로 잠깐 외출을 나갔다가 집으로 돌아오는 휘일과 마주쳤다. 서원에 다녀온 게 분명한 휘일은 도포도 입지 않은 맨 저고리 차림이었다. 예절을 벗어난 행동에 대해 혼쭐을 내려고 다가갔더니 휘일이 먼저 고백하고 나섰다. 도둑을 맞았다는 것이다. 그런데 도둑을 맞은 사람치곤 행색이 너무 멀쩡했다. 조용한 동네에, 누가 누구인지 이름도 다 아는 작은 동네에 도둑이 출몰한다는 사실도 놀라웠지만, 필시 어렵사리 마음을 먹고 도둑질을 시도했을 텐데 겨우 도포만 달랑 벗겨가다니 도무지 이치에 맞지 않는 일이었다. 게다가 휘일의 태도 또한 평소와는 달랐다. 죄를 지은 것처럼 자꾸 눈을 피하는 것도 이상했고, 술 취한 사람처럼 얼굴이 잔뜩 붉어진 것도 이상했다. 이럴 때 쓰는 방법이 있다. 아무 말 않고 바라보기만 하는 것이다. 작전은 성공했다. 마음 약한 휘일은 그게 말이지요, 그러니까 말이지요, 하며 시간을 끌더니 머리를 긁적이며 사실을 털어놓았다. 서원 앞에서 거지를 만나 벗어주었다는 것이다. 음식이라도 있었다면 주고 끝냈을 텐데 가진 게 전혀 없어서 대신 도포를 벗어주었다는 것이다. 결혼을 하면 새 도포가 생길 것이니 어차피 헌 도포는 소용없을 것 같아 벗어주었다는 것이다. 물론 그것 또한 거짓말이었다. 무슨 말인가 하면 새 도포였더라도 휘일은 미련 없이 벗었을 테니. 휘일은 늘 그런 사람이었다. 거짓말을 못 하는 사람, 베풀지 않고는 견디지 못하는 사람, 늘 남을 생각하는 사람, 때론 미련스러워 보일 정도로 착했던 아이.

"다른 때였다면 마음만 받을게, 하고 가마우지에게 붕어를 돌려줬을 거예요. 가마우지에게까지 도움을 받아서야 체면이 서지 않잖아요. 하지만 오늘은……."

"하지만 오늘은?"

"왠지 그러고 싶지 않았어요. 다른 날이라면 몰라도 오늘은 꼭 어머니와 함께 붕어찜을 먹고 싶었거든요."

"그랬구나. 그게 바로 오늘 아침에 일어난 일이로구나."

"오늘이 아니었다면 결코 그러지 않았을 거예요."

"그렇구나. 다른 날이 아닌 오늘이라 그랬구나."

"그나저나 참 이상한 가마우지이지요?"

"특이하긴 하구나. 가마우지들은 다 그렇게 친절할까?"

"그야 모르는 일이지요. 저에게 관심을 보인 유일한 가마우지니까요. 그런데 궁금한 게 있어요."

"그게 뭐니?"

"가마우지는 도대체 무슨 생각으로 그랬던 걸까요? 어머니한테 야단이라도 맞고 집을 나선 걸까요?"

붕어의 등을 가르고 천초, 생강, 파, 기름에 된장을 걸러, 밀가루에 즙하여 가득 넣고 중탕하여 찌면 아주 맛이 좋다.

붕어를 다듬는다. 비늘은 그대로 두고 내장만 제거하는 것이 맛을 내는 요령이다. 붕어의 등을 가르고 천초와 생강과 파를 넣는다. 다듬고 속을 채운 붕어를 냄비에 넣으며 얼마 전에 휘일에게 보냈던 편지를 생각한다.

너는 부모의 마음을 알아야 하느니라. 그 마음을 깨닫고 네 마음을 안정시키어 병을 다스려야 한다. 그래야 부모가 기뻐하는 것 아니겠느냐? 그래야 네가 효도한다고 말할 수 있는 것 아니겠느냐?

부모를 들먹였으나 남편은 그저 이름만 빌려주었을 뿐 실은 노부인이 처음부터 끝까지 홀로 쓴 편지다. 오래간만에 한문 실력을 발휘해 쓴 편지다. 아들에게 보내는 사적인 편지 한 통을 쓰면서 남편과 한문 실력까지 동원한 건 권위가 필요했기 때문이다. 어머니의 다정한 편지가 아닌 인생 스승의 지엄한 명령으로 휘일이 무겁게 받아들이기를 간절히 원했기 때문이다. 휘일은 아팠다. 쉬지 않고 물을 마셔도 여전히 목마름을 느끼는 소갈증에 걸렸다. 아무리 먹어도 살이 찌기는커녕 도리어 마르는 소갈증에 걸렸다. 소갈증은 치유가 어려운 병이었다. 끊임없이 몸의 상태를 살피고 자주 쉬어야만 겨우 차도를 바라볼 수 있는 병이었다. 그런데 휘일은 어떻게 했나? 낮에는 서원 일을 보고 밤에는 현일과 함께하는 책 쓰기에 몰두했다. 그러느라 제 몸을 돌보지도 않았다. 휘일다운 행동이었다. 원래부터 공부를 좋아하는 아이, 책임감이 넘치는 아이였다. 그러나 다른 무엇보다도 공동 집필자인 동생에게 부담을 주고 싶지 않은 마음이 가장 컸을 것이다. 그 점이 못마땅했다. 서원과 공부와 동생만 중요한가? 휘일에겐 부모도 있다. 자식이 건강하게 오래오래 살기를 바라는 부모가 두 눈 멀쩡히 뜨고 있는데도 제 몸을 해쳐가며 서원과 공부와 동생만 살피는 건 효도가 아니다!

똑똑한 휘일이라면 행간에 적혀 있는 노부인의 의도를 정확히 파악했을 것이다. 그랬다. 그래서 휘일의 답장은 공손하고 짧았다.

자식 생각하는 부모의 마음을 본받도록 하겠습니다. 부모를 욕되게 하지 않겠습니다. 쓸모 있는 그릇이 되도록 온 힘 다해 노력하겠습니다.

휘일다운, 단순하나 문장마다 깊은 결의가 듬뿍 담겨 있는 편지를 생각하니 괜히 눈물이 난다. 울어선 안 되겠지. 인륜을 알 턱이 없는 검은색, 아니 진갈색 가마우지마저 휘일을 돕고 나선 이 좋은 날에. 다른 날이 아닌 바로 오늘에. 손등으로 눈을 훔친다. 붕어찜에 집중하기로 한다. 거른 된장과 기름, 밀가루를 넣은 후 물을 적당히 붓고 끓인다. 음식 앞에서 두 손을 모은다. 소갈증에 특히 좋다는 붕어가 뼈와 살의 신령한 기운을 간직한 채 무사히 잘 익기를 기원한다. 학문도 좋고 책임감도 좋고 우애도 좋지만 착한 아들 휘일이 소갈증을 이겨내고 노부인보다 오래오래 살기를 두 손 모아 기원한다.

대구껍질을 물에 담가 씻어 비늘기가 없게 하여 약과만큼 썰어 놓아라.

붕어찜을 하는 김에 대구껍질 느르미도 함께 만들기로 한다. 여러 자식 중 어물을 가장 좋아하는 아이가 바로 휘일이니까. 물론 성품이 훌륭한 휘일은 좋아하고 싫어하는 것에 대해 티를 내지 않으려 애를 썼지만 아무리 그래도 음식에 특히 민감한 노부인이 그 사실을 모를 리는 없다. 생선을 먹을 때면 휘일의 작은 눈은 유난히 빛났다.

물에 불린 대구껍질을 약과 크기만큼 썬다. 석이버섯과 표고버섯을 비롯한 여러 종류의 버섯과 꿩고기를 잘게 다진다. 후추와 천초로 양념을 한 후 대구껍질로 감싼다. 밀가루에 물을 묻혀 가장자리를 붙인 후 냄비에 넣는다. 꿩고기 국물과 밀가루에 골파를 넣고 국물이 얼마 남지 않을 때까지 끓인다. 느르미는 국물이 졸아들 때까지 끓여야 비로소 제맛을 내는 법이니까.

붕어찜과 대구껍질 느르미를 만들며 여러 자식 중 휘일이 유독 노부인의 마음을 아프게 하는 이유에 대해 생각해본다. 소갈증 때문일까? 아니다. 병이 전부는 아니다. 보다 중요한 이유가 있다. 그건 바로 휘일이 자식이되 자식이 아니기 때문이다. 무슨 이상한 소리인가? 결혼한 휘일을 남편의 막냇동생에게 보냈던 것이다. 그저 잠깐 같이 살라고 보낸 게 아니라 그 집에서 대를 이으라고, 양자로 보냈던 것이다. 휘일에게는 제대로 이야기한 적도 없었으니 기분이 상했을 수도 있겠다. 그럼에도 속 깊은 휘일은 당사자인 자신과 논의가 생략된 일의 절차에 대한 아쉬움을 전혀 비치지 않았다. 휘일도 사람이니 서운함이 없을 리 없건만 친부모와 양부모 모두를 생각해 그 어떤 종류의 표현도 하지 않았다. 그런 면에서는 놀랍도록 공평무사한 휘일이었으나, 그래도 아이의 마음은 늘 자신에게 향해 있었다고 믿기로 한다. 증거가 있다. 이느 날 문득 예고도 없이 찾아온 휘일이 보라색 보따리 하나를 수줍게 내밀었던 일이 바로 그것이다. 보따리 안에는 보물이 있었다. 노부인이 어릴 적 썼던 시 두 편, 일명 성인을 닮자는 성인음과 자연스럽게 내린 비를 묘사한 소소음을 채색실로 아름답게 수를 놓은 작품이었다. 수를 놓은 건 휘일의 부인이었다. 수를 놓을 수 있도록 글씨를 쓴 건 노부인의 남편이었다. 보물은 노부인 자신이 어릴 적 썼던 시를 말함이 아니었다. 며느리의 수와 남편의 글씨가 바로 보물이었다. 남편이 참여했다는 사실이 더 놀랍다. 매일 얼굴을 마주 대하는 남편은 이 일에 대해 전혀 내색조차 하지 않았다. 휘일처럼 거짓말을 못하는 양반인데 어떻게 노부인을 완벽하게 속였을까? 식구들을 동원한 비밀 작업을 총 지휘했음이 분명한 휘일은 노부인이 고맙다고 말하자 자신이 아닌 다른 사람에게 공을 돌렸다.

"상일 형님과 현일이가 좋은 의견을 주었기에 제가 따른 것이지요."

정말 그랬을까? 그거야 아무도 모른다. 아이들이 이야기를 나누었을 때 옆에 있었던 것도 아니니까. 노부인은 고개를 끄덕거렸다. 그러고는 아무 말 없이 휘일의 두 손만 굳게 잡았다.

이제 휘일의 앞엔 금방 완성된 붕어찜과 대구껍질 느르미가 놓여 있다. 노부인이 휘일에게 숟가락을 쥐어주며 권한다.

"어서 들어라. 따뜻할 때 먹어야 맛이 좋으니라."

휘일은 고개를 끄덕인다. 함께 먹는 것은 물론 기쁜 일이다. 그러나 노부인은 함께 먹을 생각이 없다. 아들이 음식 먹는 것을 지켜보는 것보다 더 큰 기쁨은 없다. 휘일 또한 그 사실을 안다. 그렇기에 휘일은 함께 먹자고 말하지 않는다. 휘일은 붕어찜을 먼저 먹어본 후 대구껍질 느르미를 먹는다. 대구껍질 느르미를 먹은 뒤에는 다시 붕어찜을 먹는다. 휘일이 감탄한다.

"맛이 참 좋습니다. 가마우지도 기뻐하겠네요!"

휘일의 숟가락 움직이는 속도가 점점 빨라진다. 붕어찜과 대구껍질 느르미를 번갈아 먹는 휘일이 점점 어려진다. 오십을 넘긴 휘일은 천명을 아는 쉰 살로 돌아가고, 혹하지 않는 마흔 살로 돌아가고, 홀로 설 줄 아는 서른 살로 돌아가고, 학문에 뜻을 두는 열다섯 살로 돌아간다. 휘일의 몸도 따라서 변한다. 마르고 꼿꼿한 몸에 잠깐 살이 붙었다가 작아진다. 노부인과 잠깐 비슷해졌다가 다시 작아진다. 붕어찜과 대구껍질 느르미가 빠르게 사라진다. 휘일의 나이도 몸도 음식과 함께 줄어든다. 이제 휘일은 열 살이 되었다가 다섯 살이 되었다가 한 살이 된다. 아이에서 유아로, 다시 갓난아기가 된다. 휘일이 아기 우는 것 같은 목소리로 말한다.

"어머니, 잘 먹었습니다."

"모자라지는 않더냐?"

"딱 좋습니다!"

남은 건 목소리뿐이다. 이제 휘일은 없다. 착했던 아들 휘일은 이제 가고 없다.

아직 어두운 방 안엔 노부인만 있다. 아니, 혼자는 아니다. 휘일이 사랑했던 붕어찜과 대구껍질 느르미가 휘일의 흔적을 간직한 채 고스란히 남아 있으니까. 어디선가 까치 우는 소리가 들린다.

5장 달빛으로 지은 밥

아버님께서는 세상에 대한 즐거움이 전혀 없으신 분이셨다. 영리에 대한 뜻은 아예 버리셨다. 어머님의 뜻도 똑같았다. 여러 번 거처를 옮겨 다니느라 고달프셨겠지만 조금도 원망하거나 탓하지 않으셨다.

《정부인안동장씨실기》 중에서

사랑방에는 주인이 있다.
마음이 청량산처럼 큰 사람이라 존재만으로도 방 안이 꽉 찬다.

손가락으로 문을 톡톡 두드린다. 조심스레 방문을 열고 안으로 들어간다. 고개를 조금 숙인 채 책을 읽고 있던 이시명은 눈썹을 살짝 찡그린다. 비로소 기척을 느낀 것이다. 이시명은 읽던 책을 천천히 덮어 서안 위에 내려놓곤 소리의 근원을 찾는다. 두 사람의 눈이 마주친다. 이시명의 얼굴은 여전히 무표정하다. 그저 입술만 느리게 움직일 뿐. 소리는 전혀 나지 않는다. 마치 소리 내어 말하는 법을 잊어버린 사람 같다. 장계향은 그 모습을 보며 빙긋 웃는다. 놀랄 것도 없고 채근할 것도 없다. 그저 가만히 마주보고 앉아 이시명이 소리를 되찾을 때까지 기다리면 그만이다. 오랜 동거에서 얻은 지혜인 셈이다. 장계향 또한 이곳 아닌 어딘가를 헤매는 것 같은 이시명의 그런 모습을 처음 봤을 때는 무척 놀랐다. 언어로 설명하기 어려운, 흔히 보기 어려운 심각한 장애가 있는 건 아닐까 속으로 염려하기도 했다. 그런 건 아니었다. 책에서 현실로 돌아오는 시간이 남들보다 훨씬 오래 걸리는 것뿐이었다. 표정으론 알 수 없지만 지금 이시명의 머리는 바쁘게 움직이고 있을 것이다. 두개골 구석구석 대나무처럼 쭉쭉 늘어섰던 문자의 숲을 지우고 그 자리에 장계향을 새로 배치하기 위해.

장계향은 이시명이 내려놓은 책으로 눈길을 돌린다. 《심경》이다. 아버지가 말년에 즐겨 읽었던 책이다. 아버지의 제자였던 이시명 역시 나이를 먹으면서부터는 《심경》을 손에서 놓지 않고 있다. 장계향 또한 《심경》을 읽은 적이 있다. 이제는 기억도 잘 나지 않는 어린 시절에. 아버지의 사랑방을 자신의 방인 양 자유롭게 드나드는 것이 허락되었던 열 살 전후의 시절에. 헤아리기도 어려운 오랜 세월이 흘렀어도 《심경》의 벼락같은 첫 문장만큼은 똑똑히 기억한다.

인심은 위태롭고 도심은 은미하구나!

사람의 마음이란 위태롭기 그지없고, '도'의 의미는 잘 드러나지 않는다는 것이다. 살아보니 정말 그랬다. 세상에서 제일 무서운 것은 역시 사람의 마음이었다. 그럴 때 도의 존재는 전혀 위안이 되지 않았다. 마음의 위태로움은 손에 잡힐 듯 가까이 있었으나 도는 너무 멀리 있어 보이지도, 느껴지지도 않았다. 그렇다고 포기할 수는 없는 일. 도의 발견은 어쩌면 불가능할 수도 있다는 절실한 깨달음에서 비로소 구체적인 실천의 방법이 나온다. 공중에서 외줄을 타는 초보 어름사니의 심란한 마음으로 사람의 손길이 닿지 않는 외진 바위 아래 숨어 웅크리고 있는 은미한 도를 깨닫기 위해서는 정밀하게 살피고 한결같이 지키는 방법밖에 없다. 모든 진리가 그렇듯 문자는 쉽고 간명하지만 실천은 어렵고 지루하다. 그렇기에 아버지는 하도 많이 읽어서 외우다시피 했을 《심경》을 죽기 직전까지 손에서 놓지 않았고, 이시명 또한 같은 길을 가고 있는 것일 터.

"오셨습니까?"

이시명의 굵은 목소리가 들린다. 드디어 책의 세계에서 빠져나온 것이다. 그러나 일상으로 완전히 돌아오려면 아직 시간이 더 필요하다는 사실을 장계향은 그간의 경험으로 잘 알고 있다. 이시명은 마치 장계향과 함께 내내 책을 읽고 있었던 것처럼 책의 내용을 한참 늘어놓은 후에야 가장이자 남편의 자리로 돌아올 것이다.

"묻겠습니다. 지금 내 머릿속에 제일 먼저 떠오르는 음식은 무엇이겠습니까?"

"네?"

"어려운 질문은 아닙니다. 지금 내가 가장 먹고 싶어 하는 음식은 도대체 무엇이겠느냐는 단순한 질문이니까요."

오십 년 넘게 함께 살아온 남편이었다. 흘낏 보는 것만으로도 남편의 마음과 행동과 언어를 막힘없이 예측하는 경지에 이르렀다고 내심 자부했었다. 그런데 이시명이 현실로 귀환하면서 느닷없이 던진 질문은 예측을 한참 벗어났다. 후보군에도 없었다. 이시명은 놀란 장계향이 대답할 틈도 주지 않고 대뜸 이렇게 선언한다.

"시간은 충분히 드리겠습니다. 신중히 생각해보고 답을 주십시오."

이시명은 입술을 굳게 다물고 눈썹을 찡그리더니 다시 책을 펼친다. 인심유위하고 도심유미하니…… 책을 읽는 이시명의 낮고 굵은 목소리에 방 안 물건들이 호응하듯 여리게 진동한다. 사물들이 내는 미묘한 소리를 몸으로 느끼며 장계향은 속으로 속삭인다. '재미있는 질문이네요.'

남편 앞에서는 드물게 속내를 그대로 드러낸 스스로의 표현에 조금 놀란다. 음식에 대해서 별로 언급한 적이 없는 이시명이었기에 놀랍기도 하고 신기하기도 해서 자연스레 나온 반응일 것이다. 다시 말하자. 재미있다기보다는 살펴볼 가치가 있는 질문이라고 수정하는 게 옳겠다. 막상 질문을 듣고 생각해보니 의외로 대답하기가 쉽지 않은 것이다. 질문에 대한 답을 당연히 알고 있다고 여겼는데, 너무 쉬워서 생각도 안 하고 곧장 대답할 수 있다고 느꼈는데 머릿속에 결정적으로 떠오르는 음식은 없다. 또 다른 의문도 함께 떠오른다. 이시명의 질문이 과연 음식에만 한정된 것이었을까? 책에 푹 빠져 있던 이시명은, 나는 학문에 목숨을 걸고 살았는데, 긴 세월 음식을 만들고 또 만든 당신 삶의 의미는 도대체 무엇이냐고 힐난하듯 묻고 있는 건지도 몰랐다. 모르겠다. 어렵다. 힐난이라니, 이시명에겐 당치도 않다. 그건 너무 멀리 나간 것 같기도 하다. 당황스러움이 장계향을 지나치게 멀리로 이끌었다.

인심유위하고 도심유미하니…… 같은 구절을 반복해 읽는 남편의 목소리를 귀로 듣고, 그에 호응하는 사물의 진동을 몸으로 느끼며 생각하고 또 생각한다. 질문의 진정한 의미가 무엇이건 간에 먼저 풀어야 할 과제는 명확하다. 장계향이 지금껏 이시명을 위해 만들었던 수많은 음식들을, 그 음식들을 먹으며 이시명이 보였던 반응들을 머릿속으로 바쁘게 돌려보는 작업이 선행되어야 하리라.

녹두를 맷돌로 쪼개어 물에 담갔다가 충분히 붇거든

착면일 수도 있겠다. 녹두가루를 반죽해 만든 면을 얼음 띄운 오미자에 말아서 내는 음식, 푹푹 찌는 무더운 날의 한 끼로 안성맞춤인 음식.

이시명을 처음 봤던 때가 정확히 언제인지, 그의 첫인상이 어떠했는지는 전혀 기억에 없다. 나이와 함께 노쇠한 기억력 탓이 아니다. 그럴 만한 이유가 있다. 아버지는 퇴계 선생의 학통을 이어받은 사람이었다. 퇴계 선생의 제자 학봉 김성일 선생에게서 학문을 배웠으며,

서애 유성룡 대감과도 교우를 나누었다. 학봉과 서애는 영남의 동인을 대표하는 명사들이었다. 학봉 선생과 서애 대감이 이미 세상을 떠난 후였던 만큼 그들의 학문과 인품을 기리며 아버지의 사랑방을 드나드는 이들은 수도 없이 많았다. 젊은 이시명은 그중 한 사람에 지나지 않았다. 장계향이 이시명을 어느 사람과 다른 특별한 존재로 여기고 마음에 두어야만 했을 이유는 전혀 없었던 것. 혹시라도 우연히 이시명을 보았다면 열서너 살 무렵이었을 가능성이 높다. 그 시절 장계향은 사랑방에 오는 손님들에게 음식을 만들어 나르는 역할을 했다. 병치레가 잦았던 어머니 대신이었다.

아버지는 면이며 만두 같은 음식을 유독 좋아했다. 반드시 국물이 있어야 했으며, 호사롭기보다는 정갈해야 했다. 그랬기에 사랑방으로 들어가는 음식은 여름에는 착면, 겨울에는 석류탕인 경우가 열에 아홉이었다. 이시명 또한 사랑방을 자주 드나들었으니 장계향이 만든 착면과 석류탕을 맛보았을 것이다. 둘 중 하나를 택해야 한다면 착면을 고르고 싶다. 오래 함께 살았던 이시명이라는 사람의 특성, 그리고 입맛을 두루 고려한 결과다.

논란을 무릅쓰고 최대한 단순화해서 말하자면 이시명은 불가능한 꿈을 꾸었던 사람이었다고 정의내릴 수 있겠다. 자신이 배운 성리학이 이 세계를 근본적으로 바꿀 수 있다고 굳게 믿었던, 순수한 사람이었다고 말할 수 있겠다. 꿈과 순수는 장점이자 덫이었다. 뛰어난 학행과 인품으로 많은 이들의 주목을 받았던 이시명이 끝내 정계로 진

출하지 못하고 산림처사로 삶을 마감한 이유가 바로 꿈과 순수였으
니! 정치가가 되려면 어떤 측면에서는 현실과 적당히 타협을 해야만
하는데, 이시명에겐 그런 종류의 요령이 전혀 없었다. 꿈과 현실이 맞
서면 이시명은 주저하지 않고 꿈을 택했다. 손을 내밀고 타협하기보
다는 순수로 무장한 맨손으로 맞서거나 곧바로 뒤돌아섰다. 냉정한
현실은 이시명의 결정을 존중했다. 자네의 선택은 나도 인정하는 바
야. 뭐, 그렇게 살 수도 있겠지. 꿈과 순수, 다 좋네. 대신 이것은 좀
받아가게.

현실이 선물한 건 좌절이라는 쓰디쓴 대가였다. 꿈을 이루지 못하
고 물러섰기에 이시명의 속은 늘 활활 타는 불과 같았다. 사람들은
씩씩한 걸음걸이와 활발한 언행, 그리고 따뜻한 미소로 이시명을 기
억하겠지만, 장계향에게 이시명은 무엇보다도 꺼지지 않는 뜨거운 불
이었다.

스스로는 어쩔 수 없는 마음속 뜨거운 불을 끄는 데는 착면이 제
격이다. 녹두로 만든 향긋한 면을 씹고, 달콤하고 새콤한 오미자 국
물을 훌훌 마시고 남아 있는 얼음까지 비록 경망스럽기는 하나 오도
독 소리 요란하도록 씹으면, 뼈와 살을 태우며 끝없이 타오르던 번뇌
의 마음도 얼마간이마나 휴식을 취할 수 있을 테니.

굵고 살진 동아를 썰어 고기산적을 꿰듯이 꿰어

동아적일 수도 있겠다. 참외처럼 통통하고 길쭉하게 생겼으나 크기는 수박만 한 채소 동아를 칼로 썬 뒤 고기산적처럼 꿰어 약한 불에 굽는 음식. 마늘과 생강과 식초로 양념을 하고 기름장을 발라서 굽는 음식.

오다가다 마주친 우연의 순간은 기억 못해도 공식적으로 이시명과 처음으로 만났던 때는 머릿속에 제대로 각인되어 아직도 남아 있다. 스물을 눈앞에 둔 열아홉 살 때의 일이었다. 살 만큼 산 노부인이 되어서까지 거짓말을 할 수는 없으니 이참에 솔직히 말해야겠다. 처음 본 이시명은 호감과는 거리가 멀었다. 얼굴과 몸은 가문 날의 논바닥처럼 바싹 말라 있었고 자주 기침을 했다. 이시명의 이름을 알고 얼굴을 익히고 기침하는 모습까지 단번에 파악한 건 멀리서가 아닌 바로 눈앞에서 보았기 때문이다. 아버지로 인해서다. 아버지는 손님인 이시명이 있는 자리에 자신의 딸 장계향을 불러 합석시켰던 것. 아버지의 호출을 받고 방 안에서 이시명을 본 순간 장계향은 그가 남편 될 사람임을 직감했다. 운명적인 끌림? 소설 속에 흔히 등장하는 통속적인 인연 따위는 전혀 아니었다. 유학자인 아버지가 남자가 있는 자리에 과년한 딸을 불러들인 이유는 연을 맺어주려는 것, 그것 하나밖엔 없었다. 물론 당신 스스로 노련하다고 믿었던 아버지는 그런 속내 따위는 일절 비치지 않았다. 그저 이시명을 인사시킨 후 딸에게 음식을 준비해달라고 요청했을 뿐.

장계향은 고민했다. 평소처럼 착면이나 석류탕을 원했다면 꼼꼼한

95

아버지는 음식이라는 표현 대신 먹기 원하는 것들의 이름을 정확히 언급했을 것이다. 그러지 않았다는 건 장계향이 자리에 맞는 음식을 직접 선택하기를 원한다는 뜻일 것이다. 어려운 숙제였다. 이시명에 대해 아는 것도 전혀 없는데. 생전 처음 보는 사람인데. 고민하던 장계향의 머리에 떠오른 건 이시명의 바싹 마른 얼굴과 몸과 기침 소리였다. 젊은 이시명은 왜 시든 대꼬챙이처럼 볼품없이 말랐을까? 기침은 왜 또 그렇게 심하게 하는 걸까? 이시명이 아닌 이상 그 이유까지 알 수는 없었다. 장계향이 할 수 있는 건 허한 속을 보충해주고 기침을 완화시키는 음식을 만드는 일뿐이었다. 답을 얻는 데 많은 시간이 걸리지는 않았다. 동아가 제격이었다. 가을과 겨울 동안 독에 넣어 보관한 동아는 기침을 멎게 하고 몸을 튼튼하게 만드는 데 탁월한 효능을 지닌 재료였으니. 국을 끓일까? 아니지. 술잔을 나누고 있는 중이니 안주처럼 먹을 수 있는 산적이 더 어울리겠지.

이시명이 동아적을 먹고 어떤 의견을 밝혔는지는 기억에 없다. 의견을 내놓았으나 아버지가 전하지 않았을 수도 있고, 이시명 본인이 아예 품평을 생략했을 수도 있다. 설령 품평이 존재했고 그것을 아버지가 전했더라도 제대로 듣지는 못했을 것이다. 그날 저녁 아버지가 장계향에게 전했던 말, 음식과는 무관한 말의 인상이 워낙 강력했던 까닭이다. 아버지는 이시명이 2년 전에 부인을 저세상으로 보냈다고 운을 띄웠다. 상을 모두 마치고 완전히 홀로 된 그를 사위로 맞고 싶은데 장계향의 생각은 어떠냐고 물었다. 물었다고 해서 허락을 구하는 것이라 생각해선 안 된다. 그것은 질문의 형태를 지닌 통보였으니. 거부감은 들지 않았느냐고? 이미 결혼했던 남자의 후처가 되는 것이 불편하지는 않았느냐고? 그런 감정은 전혀 없었다. 비록 시는 못 쓰게 했어도 아버지는 장계향이 세상에서 가장 신뢰하는 사람이었다. 그런 아버지가 정한 남편이라면 무조건 믿어도 좋을 것 같았다.

누렁개에게 먼저 황계(黃鷄) 한 마리를 먹이고, 오륙일쯤 지나거든 그 개를 잡아 뼈를 발라 버리고

기름진 개고기일 수도 있겠다. 누런 개의 고기를 아침부터 저녁까지 삶은 후 파즙을 섞은 초간장에 찍어서 먹는 음식, 곧 죽을 목숨인 누런 개에게 닭 한 마리를 미리 제공하는 잔인한 술책이 맛의 비결인 음식.

이시명은 육류를 즐기는 사람은 아니었다. 그런 이시명에게 개 한 마리를 통째로 잡아 조리하는, 크기로 비유하자면 청량산 바위처럼 거대한 음식을 대접하기로 한 것은 지치고 피폐해진 그의 정신과 육신을 위로하기 위함이었다. 우유부단이라 할까, 혹은 미련이라 할까, 그만큼 소중했기에 그랬다고나 할까. 함께 산 지 20년을 넘겼던 시절까지 이시명은 정계 진출의 꿈을 완전히 버리지는 못했다. 냉정한 현실에 수도 없이 부딪혀 좌절했음에도 정치가가 되어 좋은 세상을 만들겠다는 꿈이 워낙 강했던 까닭에 그것을 완전히 손에서 놓지는 못

하고 있었다. 지켜보기만 하던 냉정한 현실은 그 즈음에서 이시명의 삶에 다시 한 번 개입하기로 결정했다. 이루지도 못할 꿈을 꾸는데 시간을 허비하지 않도록 최종 조치를 취했던 것.

어느 날 아침 일찍 관찰사가 보낸 포졸들이 안개와 함께 들이닥쳤다. 포졸들은 무슨 일인지 설명도 하지 않고 이시명을 포승줄로 묶은 후 서울로 데려갔다. 이시명은 의금부에서 심문을 받고서야 비로소 자신이 끌려온 이유를 알게 되었다. 소작인들에게 함부로 대하고 나라에 대한 불평불만을 토로했다는 혐의였다. 자칫 반역죄로 몰릴 수도 있는 위험한 사안이었다. 그러나 심문은 그리 오래 걸리지 않았고 처벌은 경고 수준으로 끝났다. 이시명의 가문이 대대로 베풀어온 집안이라는 것, 이시명이 비록 고집은 있어도 불순한 사상을 지닌 사람은 절대 아니라는 사실을 보증하는 고위층 벗들의 증언이 이어졌기 때문이었다. 며칠 후 집으로 돌아온 이시명은 사랑방으로 들어간 후 나오지 않았다. 그의 마음을 추측해볼까? 사람들은 불행 중 다행을 입에 담았으나 무죄 처벌을 받았다고 즐거워할 일은 결코 아니었다. 양반인 이시명이 의금부에 끌려갔다는 것은 유력한 인사 중 누군가가 고발했다는 뜻이었다. 이시명의 행적을 못마땅하게 여기는 이가 존재한다는 뜻이었다. 고발한 건 한 사람이었지만 고발하고픈 마음을 가진 이는 훨씬 많을 수도 있다는 뜻이었다. 세상을 바꾸겠다는 꿈 하나로 살아왔던 이시명에게는 크나큰 충격이었다. 누군가에게 그는 함께하고 싶은 존재가 아니라 제거하고 싶은 대상이었던 것이다.

그가 품었던 꿈이 누군가에게는 순수가 아니라 불순으로 보였던 것
이다. 사랑방에 홀로 머물면서 이시명은 결심했다. 남은 평생을 산림
처사로 살겠다고.

장계향이 개를 잡은 건 거의 일주일 만에 사랑방에서 나온 이시명
의 결심과 다짐을 듣고서였다. 티끌과 먼지로 가득한 세속을 떠나는
것에 대한 축하냐고 묻는다면 그렇지 않다고 답하겠다. 왜냐하면 다
짐을 했다고 말하는 중에도 남편의 눈 밑에는 상실과 허무가 여전히
매달려 있었으니까. 모른 체 그대로 두었다간 몸으로 흡수되어 결국
육신과 정신을 좀먹을 나쁜 것들이.

장계향으로서는 드물게 오직 한 사람을 위한 보양식을 준비한 이유
였다. 생의 의지로 가득한 동물의 피와 고기로 상실과 허무를 이겨내
고 새로운 삶으로 진입하기를 간절히 바라는 열망을 담아서.

갓 돋아난 순채를 뜯어 살짝 데쳐 물에 담가 둔다.

순탕일 수도 있겠다. 갓 돋아난 순채를 재료로 사용하는 음식, 농
어나 붕어를 넣고 함께 끓인 후 초를 쳐서 먹는 음식.

야생의 개가 지녔던 삶의 의지 때문이었을까. 이시명은 새로운 목
표를 찾았다. 한적한 수비촌으로 삶의 터전을 옮기고 아이들을 가르
치기 시작한 것이다. 쉽지는 않았던 결정이었을 터. 스스로 쓴 글에
서 이시명은 마음이 문란해서 밖은 삐걱거리고 안은 무너졌다고 그

즈음의 심경을 솔직히 표현하지 않았던가? 그러니까 이시명은 완전히 허물어지고 부서져버린 사람이었던 것. 회생 불가능한 수준에까지 이르렀던 사람이었던 것. 보통의 사람이었다면 남은 생을 회한과 더불어 살거나 헛된 도락에 빠져 살았을 터. 장계향의 아버지에게서 학문을 배운 이시명은, 퇴계와 학봉과 서애의 생각까지 모두 전수받은 이시명은 회한과 도락에 굴복하지 않았다. 그 또한 사람인지라 고비는 있었으나 어두운 숲을 헤매 다니다가 결국에는 마지막 순간에 올바른 길을 찾았다.

군자의 상징인 연꽃의 이웃사촌인 순채로 만드는 순탕은 이시명과 많이 닮은 음식이다. 순갱노회의 고사를 인용하는 것이 좋겠다. 고향의 음식인 순탕과 농어회를 그리워한다는 뜻이다. 산해진미가 아닌 고향 어디에나 있는 소박한 음식 두 가지를 먹기 위해 기꺼이 관직을 버리겠다는 뜻이다. 부와 명예에 탐닉하는 세속의 정신으로는 도저히 내릴 수 없는 결정이다. 고작 순탕이라니! 그러므로 '고작' 순탕은 고결한 산림처사의 상징이나 마찬가지인 셈이다.

"착면인가요?"

"동아적인가요?"

"삶은 개고기인가요?"

"순탕인가요?"

묻고 또 물어도 대답은 없다. 이시명은 아무것도 듣지 못한 사람처럼 인심유위와 도심유미의 구간만 반복해 읽고 있을 뿐.

"그렇다면 도대체 뭔가요? 녹두가루를 묻혀서 만든 오이화채인가요? 정월에 뜯은 쑥을 마른 청어와 함께 끓인 쑥탕인가요? 아니면 대나무 잎처럼 서늘하고 향기로운 죽엽주인가요? 아, 청어 젓갈이 있었지. 송천을 통해 들어온 껍질이 검고 배가 붉은 생선으로 만든 청어 젓갈인가요?"

묻고 또 물어도 대답은 없다. 귀가 아예 막힌 건 아닐 것이다. 이시명의 행동이 갑자기 바뀌었으니까. 이시명은 책을 덮고 붓을 들었다. 힘 좋은 손목을 이용해 몇 번의 붓질만으로 글을 끝낸 후 고개를 까딱거린다. 읽고 생각해보라는 뜻이다.

내 몸은 외로이 우는 새
내 마음은 지난해 쏘아버린 화살

새와 화살이라니, 도대체 무슨 뜻일까? 생의 마지막으로 달려가고 있는 지금에 와서 지난 삶을 다시금 후회한다는 뜻일까? 의문을 간직한 채 몇 줄 아래로 눈을 옮긴다.

가족과 함께
소나무 숲에서 달빛으로 밥을 지어야겠다.

시의 마지막엔 이렇게 썼다. 낙기(樂飢)! 배고픔을 즐긴다는 뜻!

이것이 뜻하는 바는 분명하다. 달빛으로 지은 밥, 그리고 낙기에 이 시명의 본심이 있었다. 그렇지만…….

장계향은 시에서 눈을 떼지 못한다. 달빛과 배고픔이라니, 이것들을 도대체 어떻게 받아들여야 하는 걸까? 두 가지 모두 장계향이 결코 만들어 제공할 수 없는 음식들이다. 평생 음식을 만들어왔지만 달빛으로는 밥을 지은 적이 없고, 배를 부르게 하는 게 아니라 고프게 만드는 음식은 더더욱 만들어 본 적이 없다. 그런 음식이 필요한 이유조차 모르겠다. 장계향은 낮은 한숨을 내쉰다. 오래 함께 살았던 지난 세월이 실은 헛것이었을까? 모르겠다. 성급하지는 말아야겠다. 우선은 이시명에게 물어볼 수밖에 없다. 풀리지 않는 암호 같은 시의 정확한 의미를. 그러나 장계향은 안다. 이시명에게 물어볼 수 없다는 사실을.

사랑방에는 주인이 없다.

청량산처럼 큰마음을 지녔던 주인이 사라진 방은 텅 비어 있다.

노부인 홀로 주인 없는 방에 앉아 있다. 아무것도 적혀 있지 않은 백지 한 장을 손에 들곤 텅 빈 공간 어딘가를 바라보고 있다. 주인이 사라진 방은 유난히 어둡고 유난히 깊기만 하다. 호랑이가 사라진 청량산도 아마 그럴 것이다.

6장 화전

홀아비, 과부, 노인, 고아 같은 이들을 불쌍히 여기셨다. 당신의 일처럼 걱정하셨다. 어렵고 가난하다는 이유로 소홀히 대하지 않으셨다. 보이지 않게, 티 나지 않게 몰래 도와주셨다.

《정부인안동장씨실기》 중에서

눈부시도록 검은 번철에 기름을 두르고 전을 부치는 중이었다. 찹쌀과 메밀 가루에 진달래와 장미의 꽃잎을 넘치도록 섞어 만든 반죽으로 향기롭고 아름다운 화전을 부치는 중이었다. 둥그런 화전이 노릇하게 익기를 기다리는데 누군가 내 어깨를 흔든다. 급박한 목소리가 기름처럼 내 귀에 줄줄 흘러들어온다.

"어서 일어나세요. 이러다가 날이 훤히 밝겠어요."

사태의 급작스러운 전환으로 경황이 없는 가운데서도 날이 밝으면 큰일이지, 훤히 밝으면 정말로 큰일이지, 하는 생각이 절로 들었다. 눈을 뜬다. 방 안이다. 아직 어두컴컴한 방에 내가 누워 있다. 손에선 아직도 꽃향기가 나는 것 같다. 갑자기 눈앞이 밝아졌다 어두워졌다 한다. 두 명의 여자아이가 사방등을 내 얼굴에 대고 이리저리 흔들어 대는 탓이다. 아이들은 까르르 웃으며 말한다.

"엄마, 어서 일어나시라니까요. 오늘따라 왜 이렇게 게으르신 거예요?"

엄마라는 호칭에 정신이 번쩍 들어 급히 몸을 일으킨다. 손등으로 눈을 비비곤 나를 엄마라고 부른 여자아이들을 머리끝에서 발끝까지 자세히 살핀다. 아이들은 바쁘다. 한 아이는 방문을 열고 나가 대야를 가져오느라, 다른 아이는 방 안을 뒤져 경대를 내 앞에 대령하느라 몹시들 바쁘다.

"아무리 급해도 얼굴은 닦고 머리는 빗으셔야죠."

대야에 담긴 물로 고양이세수를 하고 수건으로 대충 얼굴을 닦는다. 참빗으로 서둘러 머리를 빗고 호두잠을 꽂는다. 세수하고 머리 빗는 중에도 내내 곁눈을 뜨고 아이들의 얼굴을 관찰한다. 나를 엄마라고 불렀던 아이들의 정체를 살피느라 세워놓은 거울은 들여다볼 틈도 없다. 모르겠다. 처음 보는 아이들은 왜 나를 엄마라고 부르는 걸까?

관찰 결과 특이한 사실을 발견한다. 아이들은 쌍둥이처럼 똑같은 얼굴을 하고 있다. 눈꼬리가 살짝 올라간 것도 똑같고 콧등에 주근

깨가 별처럼 뿌려져 있는 것도 똑같고 입술이 얇은 것도 똑같다. 칼
귀인 것도 똑같고 심지어는 왼쪽 뺨에 손톱 크기의 안개처럼 뿌연 점
이 박힌 것도 똑같다. 신기하다면 신기한 일이지만 아무리 신기해도
기억에는 없는 얼굴이다. 한 아이가 나를 보며 과장된 감탄을 터뜨린
다.

"엄마, 오늘 참 예쁘세요."

이건 또 무슨 소리인가 싶다. 여든 가까이 된 노인에게 예쁘다고 하
다니 늙고 추하다고 놀리는 걸까? 요즈음 아이들이란, 하고 속으로
혀를 차고는 거울을 본다. 젊은 여인이 있다. 스물대여섯 살 가량의
젊은 여인이 거울 속에서 놀란 눈으로 나를 보고 있다. 익숙한 얼굴
이다. 그럴 수밖에. 내 기억이 다 허물어져도 그 얼굴을 잊을 수는 없
다. 그건 바로 스물대여섯 살 시절의 내 얼굴이었으니까. 아이들 표현
대로 내가 가장 예뻤던 시절. 다른 아이가 고개를 건들거리며 말한
다.

"어때요, 정말 마음에 들죠?"

얼굴이며 나이 따위가 중요한 건 아니지만 그래도 젊고 고운 여인
의 모습이 아주 싫지는 않다. 아마도 꿈이겠지. 꿈이 아니고서는 있
을 수 없는 일이니까. 하지만 꿈 치고도 참 희한한 꿈이네.

꿈이 늘 그렇듯 언제 깰지는 모르지만 일단은 받아들이자고 생각
한다. 매일 있는 일은 아니니까, 아무리 이상해도 꿈속의 일이니까 얼
뜨기처럼 유난을 떨지는 말자고 다짐한다. 얼굴에 보살의 미소를 지

으며 아이들에게 묻는다.

"그러니까 너희들이 바로 내 딸이라는 거지?"

한 아이가 발끈하며 대꾸한다.

"엄마도 참! 무슨 질문이 그래요?"

다른 아이가 눈을 치켜뜨고 따진다.

"딸들도 몰라보다니 다른 세상이라도 다녀오셨어요?"

"미안하게 되었구나. 그런데 너희들 이름이……."

"네?"

"아, 그냥……."

한 아이가 화난 얼굴로 씩씩대며 이름을 말한다.

"제가 큰딸 명여고, 얘가 동생 명이예요."

명이라는 아이가 얼굴을 가까이 들이대며 말한다.

"조금 전까지는 그래도 재미있었는데 이제는 슬슬 걱정이 되기 시작하네요. 어디 아프신 건 아니죠?"

명여와 명이, 그 이름들을 어찌 잊을 수 있을까? 그 이름들은 분명 딸들의 것이었다. 남편과 내가 함께 지은 이름. 떠올리는 것만으로도 가슴이 아파오는 이름. 딸들은…… 아니다. 그냥 받아들이기로 하자. 이 꿈속에서 도대체 무슨 일이 벌어지고 있는 건지는 잘 모르겠지만 오늘은 내게 주어진 것을 그냥 받아들이기로 하자. 이 아이들은 내 딸들이다!

사소한 문제 하나가 여전히 남아 있기는 했다. 명여와 명이를 도무지 구분할 방법이 없는 것. 매의 눈으로 두 아이를 번갈아 봐도 소득은 전혀 없었다. 좋다. 이 또한 받아들이자. 나는 두 아이를 딸들로 여기기로 한다. 명여와 명이라는 고유명사로 구분된, 개별적 인격을 갖춘 두 아이가 아니라 딸들이라는 그리운 일반명사로 뭉뚱그려 받아들이기로 한다.

"그래, 어여쁜 내 딸들아, 이제 무엇을 하면 되는 거니?"

"모르세요?"

"모르겠는데."

"정말 모르세요?"

"정말 모르겠는데."

"엄마가 하자고 한 일인데도요?"

"미안하다."

"지난달 그믐, 그 전 달, 또 그 전 달에도 했던 일인데도요? 벌써 일 년 가까이 했던 일인 데도요?"

"요즈음 건망증이 심해서. 너희들도 내 나이가 되어 보면 알아."

아이들은 입술을 쭉 내밀어 보이곤 문밖으로 나간다. 아이들을 잃을까 두려워 서둘러 따라나가고 보니 마루엔 봇짐 세 개가 나란히 놓여 있다. 괴나리봇짐이라기엔 너무 크다. 아이들이 먼저 봇짐을 멘다. 등 전부를 가린 봇짐이 거의 무릎까지 내려온다. 저래서 움직일 수나 있을까 싶지만 아이들의 발걸음은 가볍다. 벌써 마당으로 내려선 아이들의 눈짓을 받고 나도 봇짐을 멘다. 무겁다. 돌덩이라도 넣은 것 같다. 그러나 못 버틸 무게는 아니다. 이를 악물고 어깨에 힘을 주면 어떻게든 걸을 수는 있을 것 같다. 여섯 살 상일을 등에 업고 다녔던 전력도 있으니.

세상은 여전히 어둡다. 아이들 채근에 발을 맞추어 평소보다 더 서둘러, 실은 날림으로, 준비한 덕분에 날이 밝아오려면 아직 멀었다. 우리는 희미한 그믐달을 배경으로 중문을 열고 나간다. 남의 집에 몰래 들어온 도둑처럼 주위를 바쁘게 살피며 사랑채를 지나 행랑을 통과해 대문을 열고 밖으로 나간다.

아이들의 걸음은 빠르다. 내 딸들이라고 믿기 어려울 정도로 날렵하다. 나도 남편도 몸을 잘 쓰는 편은 아니었는데. 명여와 명이 또한…… 그런데 어찌나 빠르고 날렵한지 전성기의 젊은 몸을 선물로 받은 나도 따라가기가 벅차다. 놓치면 큰일이기에 숨을 헉헉거리며 바쁘게 걸음을 놀린다. 갑자기 몸이 휘청거린다. 허공에 떴다 앞으로 고꾸라지려는 내 몸을 아이들이 꽉 잡는다.

"조심하세요."

눈이 커진 아이들이 가리키는 곳엔 돌부리가 있다. 수학자가 한눈에 반할 정삼각형 모양의 돌부리가 창처럼 뾰족하게 솟아 있다. 돌부리는 나를 넘어뜨리는 일에 실패해 몹시 억울하기라도 한 것처럼 잔뜩 날카로워져 있다. 빠르게 뛰는 가슴을 진정시키고 아이들에게 묻는다.

"혹시 우리, 집에서 도망가는 거니?"

아이들이 까르르 웃는다. 웃다 말고 입을 가린다. 입을 가리고 키득거린다. 한참 웃다가 한 아이가 말한다.

"엄마, 오늘 참 이상해요."

"그럼 지금 도대체 어디로 가는 거니? 이 무거운 봇짐 안에는 도대체 무엇이 들었니?"

다른 아이가 나를 살피느라 잠깐 멈추었던 걸음을 다시 옮기며 말한다.

"곧 알게 될 거예요. 우리가 찾아갈 첫 번째 집이 바로 코앞에 있거든요."

명여, 혹은 명이일 아이의 말대로 갑자기 집이 나타난다. 워낙 갑작스러운 등장이라 꼭 아이의 말을 듣고 아 이제 나타날 때가 되었군, 하며 급조된 집 같다. 보는 것만으로도 사람을 깊은 근심에 빠져들게 하는 집이다. 목수가 짓다 만 것 같은 엉성하고 허름한 집이다. 과장을 조금 보태자면 모든 게 반쪽짜리인 집이다. 심지어 집 주위의 하늘도 반쪽 같다. 불이 꺼진 어두운 집에서 기침 소리가 새어나온다. 가슴을 쥐어짜서 만들어낸 것 같은 고통스러운 소리다. 아이들은 살금살금 걷는다. 뒤따라가는 나도 발뒤꿈치를 들고 조심스럽게 걷는다. 명여, 혹은 명이가 사립문을 연다. 신중에 신중을 다해 조심스럽게 연다. 다행히 사립문은 비명 소리 없이 열린다. 아이들이 먼저 들어간다. 나는 따라 들어가려다가 멈칫한다. 어디선가 기척이 들린 탓이다. 잔뜩 겁을 먹고 동작을 멈춘다. 뭔가가 지나간다. 누런 개가 터

덜터덜 걸어와 내 얼굴을 힐끗 보고 지나간다. 망할 개 같으니. 잡아 먹어 버린다! 짧게 한숨을 쉬고 열린 사립문 사이로 들어가 보니 아이들은 봇짐 안에서 작은 보따리 하나씩을 꺼내 툇마루에 올려놓고 있다. 아이들이 기침 소리에 귀를 기울이며 눈짓으로 신호를 보낸다. 눈치가 없는 편은 아니어서 곧바로 알아들었다. 봇짐을 내려놓고 매듭을 푼다. 봇짐 안에는 작은 보따리들이 있다. 작은 보따리 하나를 들어 보이자 아이들은 고개를 끄덕인다. 나는 내가 꺼낸 보따리를 툇마루 위, 아이들의 보따리 옆에 놓는다. 우리는 봇짐의 매듭을 묶고 어깨에 멘 후 살금살금 걷는다. 규칙적으로 흘러나오는 기침 소리를 들으며 사립문을 빠져나오고 규칙을 깨며 간헐적으로 튀어나오는 기침 소리를 들으며 다시 사립문을 닫는다. 아이들은 내게 검지를 들어 보이곤 앞장서서 걷는다. 젊은 나는 인내력이 별로 없다. 기침 소리가 더 이상 들리지 않게 된 지점에서 나는 아이들의 등에 대고 목소리를 높여 묻는다.

"이게 도대체 무슨 일인지 누가 나한테 설명 좀 해줄래?"

개가 짖고 새가 날고 닭이 운다. 나무가 부르르 떨리고 땅이 살짝 흔들린다. 동물과 세상도 놀랐겠지만 나 또한 놀랐다. 내 목소리가 이렇게 큰 반향을 일으키다니. 내가 이토록 위협적인 인물이었다니. 아이들이 당황한 내 손을 잡고 달린다. 적토마처럼 빠르게 달린다. 질주가 만들어낸 바람이 내 귓불을 흔든다. 질주라니, 평생 처음 해보는 것 같다. 기분은 의외로 나쁘지 않다. 이웃 마을 젊은이들이 틈날

110

때마다 말 등에 올라타는 이유를 알겠다. 그러나 질주의 시간은 길지 않았다. 우리가 들어갔던 집에서 한참 지나온 것을 확인한 뒤 아이들은 비로소 멈추고 내 손을 놓는다. 손이 아프다. 손등이 붉어져 있다. 아이들이 꽉 잡았던 흔적이다. 흉하다. 아니다. 엄마에 대한 사랑이 만들어낸 아름다운 흔적일 것이다. 명여, 혹은 명이가 까르르 웃는다. 명이, 혹은 명여가 따라서 웃는다. 내 손을 잡고 바람을 가르며 달린 게 세상에서 제일 재미있는 놀이였기라도 한 것처럼.

한참 후 한 아이가 말한다.

"제 보따리에 든 건 삶은 도토리예요."

그러고 보니 아까부터 어디선가 구수하면서도 씁쓸한 도토리 냄새가 났던 것도 같다.

다른 아이가 말한다.

"제 보따리에 든 건 옷이에요."

그러고 보니 명여, 혹은 명이일 이 아이가 꺼내놓은 보따리는 부피가 크고 납작했던 것 같다.

"내 보따리엔 뭐가 들었니?"

"쌀이 들었지요."

이제 비로소 내 봇짐이 무거웠던 이유를 깨닫는다. 공평하지 않다는 생각을 잠깐 했다가 이내 머릿속에서 지운다. 상대는 아이들이다. 삶의 무게건 물건의 무게건 한 살이라도 더 먹은 사람이 견뎌 내야 하는 법이다. 봇짐의 정체를 알았다고 의문이 다 해결된 건 아니었다. 우리가 한 일의 의미에 대해서는 여전히 오리무중이다.

"그러니까 조금 전 우리는 여러 날들 중 제일 어두운 그믐날 새벽을 골라 남의 집에 침입한 뒤 삶은 도토리와 옷과 쌀이 든 보따리를 놓고 온 것이로구나."

"네, 맞아요."

"나쁜 일 같지는 않네."

"그럼요."

"그런데 꼭 도둑이 된 기분이 드는 건 왜일까?"

명이, 혹은 명여일 아이가 고개를 끄덕이며 말한다.

"그렇다면 아주 잘된 거예요. 그게 바로 우리가 원했던 거니까요."

"도둑이 되는 것?"

"아뇨, 솜씨가 뛰어난 도둑처럼 들키지 않고 빠져나오는 것 말이에요."

아이들과 이야기를 나누면 나눌수록 혼란스럽다. 명여와 명이를 구분하는 데 실패한 것처럼 선행과 도둑이라는 모순된 단어가 원래의 의미를 잃고 마구 뒤섞여 머리를 아프게 한다. 이해에 실패한 나는 결국 이렇게 묻고 만다.

"도대체 왜? 우리가 왜?"

시종 밝던 아이들의 얼굴이 어두워진다. 잠깐 의아했던 나는 곧바로 이유를 알아차린다. 아이들은 여태껏 내가 장난을 치고 있다고 여겼던 것이다. 정말로 이유를 몰라서 물은 것이 아니라 재미있는 문답을 만들어서 주거니 받거니 하고 있다고 여겼던 것이다. 그러나 이야기는 점점 이상한 쪽으로 흘러갔다. 장난이나 재미로 여기기엔 내 이해의 수준이 낮았고 표정은 사흘 굶은 늑대처럼 진지했다. 그러니 아이들도 내가 진짜로 아무것도 모른다는 사실을 알아챘을 수밖에. 아이들의 얼굴이 위기에 처한 양처럼 심각해지는 건 싫다. 누군지는 잘 모르겠지만 어쨌든 내 딸들이라고 주장하는 아이들의 얼굴이, 이 낯설고도 사랑스러운 아이들의 얼굴이. 나는 수습에 나선다.

"놀랐지? 내가 진짜 모르는 줄 알았지?"

"뭐예요? 일부러 그런 거예요?"

"너무 실감나게 연기했다면, 미안."

"엄마, 너무해요."

"내가 너희들에게 말했겠지. 도둑이 되자고. 사람들에게 필요한 물건을 몰래 주고 오는 착한 도둑이 되자고."

"맞아요. 작년 이맘때쯤에 나쁜 일이 있었잖아요. 그 일이 있었던 날 밤에 엄마가 우리를 불러 제안했어요."

처음 듣는 이야기다. 나는 놀이처럼 들리도록, 궁금증이 표면에 묻어나 아이들의 코를 자극하지 않도록 먼지처럼 가볍게 묻는다.

"나쁜 일이라면?"

명여, 혹은 명이가 먼저 말하겠다며 손을 들고 나선다. 나는 명이, 혹은 명여일 아이를 지명한다. 한 아이는 기뻐하고 다른 아이는 약간 실망한 표정이다.

"우리가 도둑이 되기 전에는 다른 방법을 썼어요. 물론 지금도 쓰고 있기는 한 방법이지요. 대대로 해오던 전통적인 방법, 비록 전보다 규모는 좀 줄었지만. 사실은 일부러 줄였지만. 뭐냐 하면 우리 집 마당에 도토리와 쌀과 옷을 놓아둔 후 찾아온 사람들에게 나눠주는 방법이지요. 그런데 일이 있던 그날은 평소와는 조금 달랐어요. 유독 사람들이 많이 몰려왔기 때문이에요. 그중에는 먼 곳에서 온 사람들도 있었어요. 그 사람들은 도토리와 쌀과 옷을 보곤 곧바로 달려들었어요. 몇 사람이 달려들자 나머지 사람들도 달려들었지요. 그 바람에 마당은 엉망진창이 되었어요. 우리 식구와 하인들까지 모두 나섰지만 한번 흥분한 사람들을 말릴 수는 없었지요. 다친 사람도 나왔고, 음식이며 옷을 아예 못 받아간 사람들도 많았어요. 힘이 없는 이들일수록 더 많이 다쳤어요. 그런데도 그들 대부분은 빈손이었지요. 그날 밤 엄마가 우리를 불러 말했어요. 도둑이 되자고요. 약한 사람들 중에서도 더 약한 이들을 돕는 착하고 솜씨 좋은 도둑이 되자고요."

우리는 날이 밝기 전에 한 번이라도 더 도둑이 되기 위해 걸음을 서두른다. 날이 밝아오면 땅을 치고 후회할 사람들처럼 최선을 다해 도둑질을 한다. 겪어보니 우리는 훌륭한 삼인조였다. 명여, 혹은 명이가 집을 찾았고, 명이, 혹은 명여가 사립문을 열었고, 마지막으로 내가 주위를 살핀 뒤 안으로 들어갔다. 도둑질을 하면 할수록 우리의 봇짐은 가벼워진다. 무거웠던 발걸음은 점차 경쾌해지고 콧노래도 조금씩 흘러나온다. 어느덧 희끄무레해진 하늘 아래에서 우리는 봇짐

안에 든 물건들이 이제 하나씩밖에 남지 않았음을 확인한다. 마지막 한 집만 더 들어갔다 나오면 우리의 도둑질도 끝이 난다는 뜻이다. 마지막까지 완벽한 도둑이 되어 즐거운 마음으로 집에 돌아갈 수 있다는 뜻이다. 손가락으로 가까이 있는 집을 가리킨 명여, 혹은 명이가 하품을 한다. 사립문을 열던 명이, 혹은 명여가 삐거덕 소리를 낸다. 나는 둘의 추임새에 맞춰 형식적으로 대충 주위를 살피곤 안으로 들어간다. 부엌에 심상치 않은 움직임이 있었다는 사실은 아예 느끼지도 못한 채.

명여, 혹은 명이일 한 아이가 봇짐에서 마지막 보따리를 꺼내놓고 소리 없이 까르르 웃는다. 명이, 혹은 명여일 다른 아이가 마지막 옷을 꺼내놓고 눈을 찡긋한다. 나 또한 마지막 쌀을 꺼내놓고 고개를 끄덕인다. 멀리서 닭 우는 소리가 들린다. 멧돼지가 수풀을 헤치는 소리가 들린다. 날이 점차 밝아오고 있다는 뜻이다. 사람들이 활동할 시간이 되었다는 뜻이다. 이제 돌아가야 할 때. 도둑에서 사람이 되어야 할 때. 우리는 서로를 마주보며 빙긋 웃은 뒤 사립문을 향해 몸을 돌린다. 그런데 이를 어쩌나, 우리 앞을 가로막고 있는 이들이 있다. 아기를 업고 있는 내 또래의 여인과 산발한 남자아이다. 나는 고개를 푹 숙인다. 우리의 도둑질은 실패했다. 꼬리가 길면 밟힌다더니 마지막 고비를 넘기지 못하고 들키고 만 것이다.

두견화나 장미화나 출단화(목단화로 추측)의 꽃잎에 찹쌀가루와

껍질 벗긴 메밀가루를 조금 넣고 이때 꽃잎을 많이 넣어 눅게 반
죽하여

현장에서 검거된 우리는 툇마루에 사로잡혀 있다. 실제로 사로잡혔
다는 뜻은 아니다. 우리는 포승줄에 묶인 것도 아니었으니. 그저 기
분이 그랬다는 것이다. 우리의 속내도 모르는 채 여인이 흥분한 목소
리로 말한다.

"밤새 기다렸어요."

삼인의 도둑을 대표해서 내가 응대한다.

"어떻게 알고 기다리셨어요?"

"지난달에도, 지지난달에도, 또 그 전 달에도 오셨으니까요. 아이
를 낳은 뒤로는 한 번도 빠짐없이 달에 한 번씩 꼭 오셨으니까요. 이
아이, 기억은 못 하시겠지요?"

포대에 쌓인 아이가 나를 보며 손발을 뻗는다. 귀여운 아이이기
는 하나 기억에는 전혀 없다. 양해해 달라고 말하고 싶다. 내 아이라
고 주장하는 아이들도 기억을 못 하고 있는 중이니까. 이 귀여운 아이
를 몰라보는 건 맥락상 당연하다. 그렇다고 사실대로 말할 수는 없는
일. 그랬다간 여인에게 커다란 실망을 안겨줄 것이다. 머리를 쓴다.
여인이 사용했던 말을 분석한다. 기억은 못 하시겠지요, 하고 물었다
는 건 바꿔 말하면 내가 이 아이를 본 적이 있다는 뜻이다. 끙끙거리
는 나를 위기에서 구해준 건 아이들이다. 아이들이 환호하듯 여인에

게 질문한다.

"이 아이가 바로 우리 집에서 낳은 아이예요?"

여인의 얼굴이 대낮처럼 밝아진다. 여인이 기도하듯 두 손을 마주 잡고 말한다.

"맞아요. 작년 이맘때에 황송하게도 젊은 마님의 방에서 태어난 여자아이이지요. 마님이 도와주시지 않았다면 지금 우리는 살아 있지도 못할 거예요. 그때를 생각하면 정말…… 산달이 다가왔는데 제대로 머지도 못하고 있었지요. 우리 첫째가 구걸해서 언어오는 음식 덕분에 그저 입에 풀칠만 하고 있었지요. 운악 선생님 댁에서 창고를 열었다는 소식을 듣고 남은 힘 끌어 모아 찾아갔어요……."

여인이 산기를 느낀 건 우리 집 마당에 발을 들여놓았을 때였다. 고통을 이기지 못하고 그 자리에 쓰러졌다. 쓰러지면서는 이렇게 외쳤다고 한다.

"우리한테도 먹을 것을 좀 주세요."

그때의 일이 아득한 일처럼 바로 생각나지 않는다.

"부끄러운 일이었지요. 아이가 나오려고 하는데 먹을 것부터 찾다니. 제 어처구니없었던 외침을 듣고 제일 먼저 달려온 사람이 바로 마님이었어요. 그리고 마님의 자두처럼 어여쁜 두 딸."

여인은 말한다. 내가 딸들과 함께 자신을 방으로 옮겼다고, 산파가 살펴보는 도중에도 내가 자리를 떠나지 않고 지켜보았다고, 아이가 태어나자 내가 직접 뜨거운 물에 씻기어 자신에게 보여주었다고,

떠나려는 자신을 만류하곤 미역국을 끓여주었다고, 삼칠일까지, 그러니까 하루나 이틀도 아닌 무려 스물하루 동안 온갖 음식으로 자신을 황홀하게 만들었다고.

"살면서 처음 받아본 환대였어요. 남편도 버린 나를, 부모도 외면한 나를 그렇게 따뜻하게 대해준 사람은 마님이 처음이었어요. 그래서 아이 이름을 보은이라고 지었어요. 받은 은혜를 세상에 돌려주는 사람이 되라는 뜻에서요."

꼭 남의 이야기 같다. 여인의 이야기가 거짓일 리는 없겠으나 내겐 전혀 기억이 없다. 나쁜 사건으로 나를 기억하지 않아서 다행이라는 생각은 든다. 모진 사람이 되고 싶지는 않으니까. 완악한 여인으로 남고 싶지는 않으니까. 악명은 싫으니까. 그래서 말한다.

"좋은 이름이에요."

"마님 덕분에 얻은 이름이에요."

이야기가 다 마무리되었다 싶어 엉덩이를 들고 자리에서 일어나려는데, 여인이 눈을 크게 뜨고 손으로 막는다.

"가실 수 없어요."

"네?"

"그냥 가실 수 없다니까요."

나도 모르게 주먹을 꽉 쥐어버렸다. 왜 그러는 걸까? 우리는 정말 체포된 걸까?

"음식을 준비했어요."

"폐를 끼치고 싶지는 않아요."

"폐라니요. 기쁘게 준비한 음식이에요."

"그럴 수 없어요. 도둑질을 하러 와서 도리어 얻어먹다니 옳지 않아요."

도둑질이라는 말에 여인의 눈이 커진다. 가만히 듣고 있던 명여, 혹은 명이가 묻는다.

"무슨 음식인데요?"

"거창한 음식은 아니에요. 맛있는 음식도 아니에요. 워낙 가진 게 없어서요. 화전이에요, 진달래와 장미를 넣은 화전이요. 그냥 뭔가를 대접해드리고 싶어서요."

명이, 혹은 명여가 손뼉 치며 외친다.

"맛있겠다! 예쁘겠다!"

기름을 끓이고 조금 조금씩 떠놓고 바삭바삭하고 팔게 지져 한 김이 나면 꺼내어 꿀을 얹어 써라.

여인이 검은 번철에 기름을 두르자마자 보은이 운다. 등을 두드리며 달래주던 엄마가 곁을 떠나자마자 곧바로 운다.

"제가 할게요."

"아니에요. 오늘만큼은 제가 마님께 음식을 해드리고 싶어요."

"귀한 재료를 다 준비해주셨으니 그걸로 충분해요. 어서 보은이를 돌보세요. 그게 우리를 도와주는 거예요."

몇 번의 실랑이 끝에 자리가 바뀐다. 우리가 부엌으로 가고 여인이 마루로 온다. 명여, 혹은 명이일 아이가 나를 보며 까르르 웃는다. 명이, 혹은 명여일 아이가 나를 보며 깡충깡충 뛴다. 아이들이 웃고 기뻐하는 걸 보니 내 기분도 함께 좋아진다. 이 아이들을 위해, 여인과 더벅머리 소년과 보은이를 위해 화전을 만들자. 맛있고 예쁜 화전을 만들자. 이 세상에 하나밖에 없는 아름다운 화전을 만들자.

눈부시도록 검은 번철에 기름을 두르고 전을 부치는 중이었다. 찹쌀과 메밀 가루에 진달래와 장미의 꽃잎을 가득 섞어 만든 반죽으로 향기롭고 아름다운 화전을 부치는 중이었다. 둥그런 화전이 노릇하게 익기를 기다리는데 누군가 내 어깨를 흔든다. 급박한 목소리가 기름처럼 내 귀에 줄줄 흘러들어온다.

"어서 일어나세요. 이러다가 날이 훤히 밝겠어요."

눈을 뜬다. 방 안이다. 아직 어두컴컴한 방에 내가 죽은 것처럼 누워 있다. 방 안엔 나 말고는 아무도 없다. 꿈이었을까? 손에선 아직도 꽃향기가 나는 것 같다. 귀에서는 아직도 명여, 혹은 명이의 키득거리는 웃음소리가 들리는 것 같다. 멀리서 닭 우는 소리가 들린다. 멧돼지가 움직이고 솔개가 나는 소리가 들린다. 반쯤 몸을 일으킨 나는 그 자세 그대로 기다린다. 문이 열리기를, 어서 문이 열리고 명여, 혹은 명이인 아이, 명이, 혹은 명여가 요란스럽게 나타나기만을. 그래서 죽은 것 같은 나를 움직이게 하고 달리게 만들기를 기다리고 또 기다린다. 그리운 아이들, 굳센 아이들, 나의 사랑스러운 어린 도둑들!

7장 함께 먹는 한 끼의 따뜻한 밥

어머님께서 여러 자식들에게 경계하는 말씀을 남기셨다. "너희의 문장으로 칭찬받는 것을 나는 귀히 여기지 않는다. 한 가지의 선행을 했다는 말을 들으면 온종일 기뻐하며 절대로 잊지 않을 것이다."

《정부인안동장씨실기》 중에서

한 달 전만 해도 내 일상은 평화로웠다. 세상에 기여한 바가 전혀 없으니 노벨 평화상은 꿈도 꾸지 않았다. 그러나 적어도 내 일상만큼은 평화, 그 자체였다.

그 절대 평화의 시기로 되돌아가볼까? 일주일에 두 번은 여사님이 청소기 돌리는 소리를 들으며 글을 썼다. 오해는 마시길. 여사님은 내 아내가 아니다. 장모님은 더더욱 아니다. 나는 결혼을 한 적이 없다. 아내도 없고 아이도 없으며 당연히 장모님도 없다. 여사님은 집안 청소를 위해 내가 고용한 사람이었다. 사전에 전화로 주고받은 구두 계약에 따르면 여사님은 일주일에 두 번, 즉 화요일과 금요일에 내가 사는 집을 방문해 청소를 하게 되어 있었다. 한 번 방문하면 아침열 시부터 오후 두 시까지 네 시간 동안 일을 하게 되어 있었다. 물론 이 또한 구두로 합의한 내용이었다. 흔히 말하는 가사도우미가 아니냐고 물을 수 있겠다. 그렇다. 가사도우미가 맞다. 하지만 가사도우미라는 단어는 좀 내키지 않는다. 도우미는 왠지 무보수로, 자발적으로 어떤 일을 하는 사람 같다. 게다가 도우미는 어딘지 성적인 느낌을 떠올리게 한다. 무식하다고, 음흉하다고, 시대착오적이라고, 페미니즘의 적이라고 비난해도 어쩔 수 없다. 나도 모르는 사이 머릿속에 똬리를 튼 이미지를 억지로 끌어내 지울 수는 없는 법이니까. 그렇다고 파출부나 가정부라 부르는 것도 탐탁지 않기는 마찬가지다. 그럭저럭 뜻은 통하겠지만 도우미에 비하면 거의 사어(死語) 같으니까.

세상의 흐름과 무관한 나의 별 의미도 없는 고민을 해결해준 사람은 바로 '여사님'이었다. 지인의 소개를 받고 내가 사는 집에 처음 나타난 여사님은 말 그대로 여사님이었다. 하얗게 센 단발머리는 멋져보였고, 주름이 거의 없는 얼굴도 인상적이었다. 얇은 은테 안경은 지성적 이미지를 풍겼다. 일흔이란 나이에도 조금도 굽지 않은 꼿꼿한 몸은 일하다 쓰러지시는 거 아냐, 하고 지레 겁먹었던 내 염려를 머쓱하게 만들었다. 짧은 면담만으로도 지성적 이미지와 꼿꼿한 몸의 배경을 확인할 수 있었다. 여사님은 이화여대를 졸업한 후 여고에서 가정 선생님으로 일하다 정년퇴직을 했고, 일주일에 두 번씩 탁구 수업을 받고 있었다. 연금도 받으시는 분이 왜 이런 하찮은 일을 할까, 하는 생각이 얼핏 들었지만 사람에겐 각자의 사정이란 것이 있는 법이다. 게다가 크게 궁금한 것도 아니었다. 집 안 청소를 해줄 사람을 쓰는 것이었지 함께 살 사람을 구하는 것은 아니었으니까. 나는 여사님을 채용했고, 청소 분야를 뚝 떼어 맡겼다.

여사님이 청소를 끝내고 돌아가는 두 시쯤 방에서 나와 점심을 먹었다. '점심을 먹었다'는 평범한 문장은 초라하고 냉정한 현실을 제대로 반영하지 못한다. '끼니를 때웠다' 쪽이 사태를 설명하는 데 훨씬 적합하겠다. 다들 잘 알고 있겠지만 점심을 차려 먹는 건 어려워도 끼니를 때우는 건 전혀 어렵지 않다. 일주일에 서너 번은 라면을 먹고, 한두 번은 즉석밥을 데워 인스턴트 국에 말아 먹는다. 나머지 한두 번은 사과를 대충 씻어서 껍질째 먹거나 하겐다즈 아이스크림으로 대신한다. 그것도 귀찮은 날은 탄산수를 마시거나 그냥 굶었다. 보통은 텔레비전을 보며 점심을 먹는다. 부엌의 어느 한 지점에 시선을 고정한 채 음식을 입에 쑤셔 넣는 건 아무리 보는 눈이 없더라도 그다지 아름다운 광경은 아니기 때문이다. 음악을 듣는 방법도 있지 않느냐고 묻거나 제안할 수 있겠다. 오래전 지인에게 중고로 구입한 JBL 오디오 세트가 거실을 차지하고 있지만 언제부터인가 음악은 별로 듣지 않게 되었다. 아이돌도 싫고 힙합도 별로고 인디에도 끌리지 않는다. 클래식이나 재즈 같은 고상한 장르는 조금 듣다가 이내 포기했고, 어학 능력이 시원치 않으니 팝송은 말할 필요도 없다. 그러니 텔레비전이 제격이다. 그중에서도 영화 채널이 제격이다. 기본적으로 나는 이야기를 좋아하는 인간이기 때문이다. 물론 문제는 있다. 편성표를 확인하고 텔레비전을 켜는 게 아니라 텔레비전을 켜고 흘러나오는 영화를 보는 것이다. 선택권이 내게 있는 게 아니다 보니 시작부터 제대로 볼 수 있는 경우는 거의 없다. 아쉽지는 않다. 그건 그 나름의 장점이 있다. 갑자기 낯선 상황에 던져지는 급박한 느낌이 든다. 눈을 뜨고 보니 사자 우리에 있더라는 성경 속 다니엘과 그의 친구들의 사연처럼. 살아남기 위해서는 이야기의 흐름을 추측해서 답을 얻어내야 한다. 열에 아홉은 추측에 성공한다. 이야기들은 다른 듯 비슷하기 때문이다. 도무지 흐름을 짐작할 수 없는 낯선 서사란 의외로 많지 않기 때문이다. 다니엘과 그의 친구들이 사자에게 잡아먹혀서야 무슨 이야기가 되겠는가? 명색이 작가인 만큼 출판사 관계자와 식사를 하며 이야기를 나누는 경우도 있다. 그럴 때는 제대로 된 점심을 먹는다. 유명 작가가 아닌 만큼, 일 년에 쓰는 원고의 수는 한정되어 있는 만큼 그런 일은 드물게 일어나는 특별 행사 쪽에 더 가깝다. 굳이 통계적 수치를 대자면 두세 달에 한 번 정도일 것이다. 무슨 말인가 하면 '점심은 때우는 것이다'라는 나도 모르는 사이에 이미 내 삶을 장악해버린 명제의 굳건한 다리몽둥이를 부러뜨릴 만한 일은 아니라는 뜻이다.

　점심을 먹은 후엔 다시 방으로 들어가 글을 썼다. 오후 여섯 시까
지 일하면 보통이었다. 글이 잘 안 되는 날엔 다섯 시에 방을 나왔고,
술술 풀린다 싶으면 일곱 시까지, 드물게는 여덟 시 넘어서까지 글을
썼다. 다시 한 번 통계를 동원해 일을 마치는 시간을 평균 잡아본다
면 다섯 시 오십 분이라는 숫자를 얻게 될 것이다. 해석은 전혀 어렵
지 않다. 술술 풀리는 날보다는 잘 안 되는 날이 아슬아슬하게 더 많
다는 뜻이다. 그래도 난 낙천적인 인간이라 '보통'에 수렴하고 있으니
구제 불능의 절망적인 상황은 아닌 셈이라고 스스로를 위안한다. 하
루치 일을 끝낸 뒤엔 밖으로 나가 동네를 한 바퀴 돈다. 저녁은 산책
을 끝내고 돌아오는 길에 밖에서 먹는다. 짜장면이나 짬뽕, 김밥이나
쌀국수가 보통이지만 가끔은 백화점 식당가로 가서 스테이크나 스파
게티를 먹기도 한다. 먹을 때는 그럭저럭 맛있다고 느꼈지만 특별히
기억에 남는 강렬하거나 매혹적인 맛을 선사했던 음식은 없다. 아무
리 맛있어도 식당 밥은 식당 밥일 뿐이니까. 매일 먹다 보면 결국 그
맛이 그 맛이라는 생각밖에는 안 드니까. 오랜 기간 식당 밥을 먹어
본 이들이라면 내 말 뜻을 알 것이다. 밤에는 야구 방송을 틀어놓고
책을 읽는다. 혹은 책을 읽는 척하면서 야구 방송을 본다. 후자가 진
실에 더 가깝다는 사실을 고백한다. 열두 시 전에 잠들고 다섯 시에
눈을 뜬다. 시리얼에 우유를 부어 아침을 먹은 후 맨손 체조를 하고

커피 한 잔을 들이키듯 마신다. 커피 한 잔을 더 만들어 방으로 들고 들어가 글을 쓴다. 이제 또 다른 하루가 시작된 것이다. 그리고 다시 점심을 먹고, 글을 쓰고, 산책을 하고, 저녁을 먹고…….

두 달 가까이 조용하고 성실하게 일하던 여사님이 면담을 요청한 건 한 달 전이었다. 여사님은 내가 책을 쌓아놓고 일을 하고 있는 책상 옆으로 다가와 손마디로 상판을 톡톡 두드렸다. 갑작스러운 인적에 깜짝 놀라서 고개를 돌리자 여사님이 고개를 살짝 숙여 인사를 건넸다.

"우리 이야기 좀 해요."

노트북 하단의 시계는 열한 시 삼십삼 분을 가리켰다. 오전 중에는 글이 잘 써지는 편이라 일을 중단하고 싶지는 않았다. 그러나 나는 일흔 살 먹은 피고용인의 요청을 단호히 거절할 만한 강심장은 절대 못 되었다. 쓰던 문장을 서둘러 마무리하고는 네, 라고 대답한 뒤 노트북을 덮고 방에서 나왔다. 우리는 거실에서 회담을 진행했다. 나는 일인용 리클라이너에, 여사님은 이인용 가죽 소파에 앉았다. 청소가 끝난 거실은 깔끔했다. 먼지 하나 없는 깨끗한 거실에 만족하며 잠깐 생각이란 것을 해보았다. 보수에 관한 불만일 거라고 지레짐작하고는 먼저 선수를 쳤다.

"청소 상태에는 무척 만족하고 있습니다. 늘 감사히 여기고 있습니다. 하지만 돈을 더 드리기는 힘들어요. 제가 보기보다 돈을 잘 못 벌거든요."

여사님의 눈이 커졌다. 여사님은 안경테를 살짝 만지며 놀라서 확대된 눈동자를 껌뻑이다가 손으로 입을 가리고 웃었다.

"보수에는 불만이 없어요. 혼자 사는데다가 연금도 부족하지 않게 받고 있으니까요."

듣고 보니 경제 사정은 오히려 나보다 나은 것 같았다. 괜히 민망했다. 그렇다면 무엇일까? 보수 문제가 아니라면 갑자기 대화를 하자고 말한 이유가 도대체 무엇일까? 혹시 그만두려는 걸까?

"그만두려는 건 아니에요. 제안을 하고 싶어서 그래요."

"제안이요?"

"네, 제안이요."

"알겠습니다. 말씀해 보시지요."

"조금 이상하게 들릴 수도 있겠지만 하루를 더 나와 일하고 싶어요. 아, 걱정은 마세요. 보수를 더 달라는 건 아니니까요. 그냥, 하루를 더 나오고 싶어요."

"집이 그렇게 지저분한가요?"

여사님은 손을 크게 내저으며 말했다.

"전혀 그렇지 않아요. 그렇다고 문제가 없는 건 아니지만."

"문제가 있습니까?"

"혼자 산다는 것을 감안해도 집이 너무 깨끗하다는 점이지요. 처음 두 주 동안은 네 시간을 전부 청소에 쏟았지만 그건 처음이라 그런 것이고 지금은 그렇지 않아요. 꼼꼼하게 해도 두 시간이면 청소를 모두 마치게 된답니다. 오늘도 한 시간 반 만에 전부 끝냈고요."

여사님의 말을 제대로 들었나 의심이 들었다. 집이 너무 깨끗해서 청소할 게 별로 없다, 그런데 하루를 더 나오고 싶다, 이게 도대체 무슨 소리인 걸까? 그리고 두 시간 만에 청소를 모두 끝냈다면 그동안 여사님은 남은 두 시간 동안 무슨 일을 하며 시간을 보낸 걸까? 프라이버시를 존중하느라 여사님 일하는 동안에는 물 마시러 부엌으로 가는 것도 자제했는데……. 갑자기 등뒤로 식은땀이 주룩 흘렀다. 내 마음을 모르는 여사님이 슬며시 화제를 바꾼다.

"무슨 일을 하세요?"

"네?"

"계속 집에만 계신 것 같아서요."

"아, 예. 글을 씁니다."

"그럼 작가님이시네요."

"뭐 그렇기는 하죠."

"지금은 무슨 글을 쓰세요?"

큰 주제에서 벗어나 사소한 옆길로 이탈한 대화가 조금, 아니 많이 불편했다. 다시 말하지만 잡담을 나누려고 여사님을 고용한 것은 아니다. 그렇다고 어머니뻘인 여사님에게 하시던 일이나 잘하세요, 하고 신경질적인 일침을 놓을 수는 없었다. 남의 일에는 제발 관심 끊으라고, 이 나라가 이 모양 이 꼴인 건 남의 상에 감 놔라 배 놔라 하는 태도 때문이라고 말도 안 되는 비판을 줄줄이 늘어놓을 수도 없는 일이었다. 나는 브리핑하듯 간단히 정리해서 설명했다.

"장계향이라는 분에 대한 글을 씁니다. 이름이 낯설 수도 있겠습니다. 정부인 안동 장씨로 알려져 있으니까요."

"저도 알아요, 《음식디미방》이라는 책을 쓰신 분이지요?"

"어떻게 아십니까? 세종대왕이나 이순신 장군만큼 유명한 분은 아닌데요."

"제가 가정 선생님이었잖아요. 한식 조리사 자격증도 갖고 있고요. 대학원 졸업 논문도 《음식디미방》을 가지고 썼답니다."

"아, 예."

"그냥 그렇다는 거예요. 기이하다기보다는 그저 단순한 우연이겠지만요."

"그러셨군요. 그런데 하루를 더 나오고 싶으시다는 건 무슨 말씀이신지……."

"아, 그 이야기를 하고 있었지요? 늙으면 5초 전에 하던 말도 까먹게 된답니다. 뇌세포가 줄어든다는 건 사실인 것 같아요. 자꾸 깜빡깜빡하니까요. 마음이 아프지만 어쩌겠어요. 받아들일 건 받아들여야지요."

"전혀 나이 들어 보이지 않으세요."

"마음에도 없는 소리를 잘하시네요. 여자들이 꽤 좋아했을 것 같은데 왜 혼자 사는지…… ."

이야기가 계속 헛돌았다. 정비가 필요한 시점이었다. 나는 다이소에서 산 드라이버를 들고 이야기의 흐름을 바짝 조였다.

"인기는 전혀 없는 유형이었습니다. 지금도 그렇고요. 그런데 하루를 더 나오고 싶어 하시는 이유를 말씀해주시면 감사하겠습니다. 보수는 더 원하지 않으신다지만 아무래도 찜찜합니다. 뭐랄까, 사정을 정확히 알아야 제가 받아들일지 거절할지 결정할 수 있으니까요."

여사님은 주먹을 쥐어 입에 가져갔다. 주먹으로 입술을 툭툭 치며 고민하고 있는 모습을 드러냈다. 뭘 망설이는 걸까? 제안하겠다고 한 사람은 내가 아니라 여사님이었다. 이제 와서 망설일 거면 처음부터 말을 꺼내지도 말았어야지. 바쁜 사람 불러놓고 이게 뭐하는 짓이야? 슬슬 짜증이 났지만 참기로 했다. 솔직히 말하면 그렇게까지 바쁜 건 아니었다. 편집자가 오 분 단위로 시계를 보며 내 원고를 기다리고 있는 상황은 아니었으니까. 게다가 어차피 다시 방으로 들어가 일을 계속하기도 힘들어진 상황이었다. 여사님과 대화를 나누느라 글을 쓰던 리듬이 완전히 깨져버렸기 때문이다.

"반찬을 좀 만들고 싶어요."

"네?"

"그게 그러니까…… 금호동에 반찬 가게를 열까 생각 중이에요."

"반찬 가게요?"

"네, 반찬 가게요."

이거야 대화가 아니라 완전히 미궁이었다. 귀가 어두운 것도 아니니 반찬 가게 개업을 고민 중이라는 여사님의 말은 확실히 알아들었다. 그렇지만 여전히 이해가 안 되는 구석이 존재했다. 금호동 반찬 가게의 성공 가능성을 검토하고 싶다면 그 지역 사정에 밝은 창업 컨설턴트를 찾아가면 될 일이고, 가게에서 팔 반찬을 미리 만들어보고 싶다면 여사님의 집에서 시도해 보면 될 일이다. 그런데 왜 굳이 여사님의 집이 아닌 내 집에서 가게를 위한 반찬을 만들어야 하는 것일까?

"직장인들을 위한 가게를 생각하고 있어요. 외식에 슬슬 질리기 시작하는 삼사십대를 대상으로 해서요. 선생님 나이도 대략 그 정도로 보이니 드시고 의견을 좀 주셨으면 해서요."

처음으로 설득력 넘치는 발언이 등장했다. 나는 고개를 끄덕였다. 안심이 되었다. 이제 비로소 앞뒤가 어느 정도 맞았으니까. 혼자 예민해져서 과민한 반응을 보인 내가 우스웠다. 여사님 탓도 있었다. 꺼내기 어려운 이야기도 아닌데 왜 그렇게 망설인 걸까?

"재료비를 많이 드릴 수는 없습니다."

"안 주셔도 됩니다. 많이 만들 것도 아니고 어차피 테스트용인데요, 뭐."

"그렇다면 좋습니다. 기꺼이 피험자가 되어 드리겠습니다."

웃음기 없는 얼굴로 말했으나 사실 기분은 별로 나쁘지 않았다. 머릿속으로 계산기를 두드려본 결과 손해 보는 장사는 아니라는 결론이 나왔으니까. 안 그래도 내 식생활에 대해 약간이나마 염려하기 시작하던 참이었다. 밑반찬이 있다면 라면보다는 밥을 조금 더 자주 먹게 될 것 같았다. 비록 즉석밥이라 큰 차이는 없겠지만 말이다. 밑반찬이 있다면 가끔씩 저녁도 집에서 먹어도 되겠다는 생각이 들었다. 외식에 슬슬 질리는 단계는 이미 오래전에 넘어섰으니까.

"그럼 오늘부터 시작해도 될까요?"

"오늘부터요?"

"네, 아까도 말했던 것처럼 청소는 이미 다 끝냈거든요. 혹시 몰라 재료들도 몇 가지 가져왔고요."

"아, 네. 그러면 그렇게 하시지요."

대화를 마친 나는 다시 방으로 들어갔다. 노트북을 열고 화면 하단의 시계를 보니 열두 시가 조금 넘었다. 그러니까 우리는 삼십분 가량 대화를 나눈 것이었다. 부엌에서 식기와 도구들을 꺼내고 재료를 준비하는 소리가 들려왔다. 조금 걱정이 되었다. 음식을 만들 수 있는 도구들이 제대로 갖춰져 있거나 할까? 라면을 끓이기 위한 냄비와 과일칼 말고 다른 도구는 사용해본 기억이 거의 없었다. 모르겠다. 어떻게든 되겠지. 내가 해달라고 요청한 것도 아니니까. 여사님은 이화여대 출신인데다가 한식 조리사 자격증 보유자이니까. 반찬 가게 일은 잊고 다시 일에 몰두하기로 했다. 하지만 잘되지 않았다. 대화의 여파로 정신은 산만했고 배에서는 때 이르게 꼬르륵 소리가 났다. 일을 하다 보면 더 앉아 있어 봤자 소용없겠다는 생각이 드는 날이 있다. 그날이 그랬다. 결국 나는 여사님의 퇴근 시간인 두 시까지 인터

넷 쇼핑을 하며 별 필요도 없는 책 다섯 권과 속옷 두 벌, 그리고 담양 대나무로 만들었다는 식탁 매트 두 장을 구입했다.

　퇴근하는 여사님을 전송한 후 부엌으로 갔다. 반찬 두 가지가 식탁 위에 놓여 있었다. 콩나물 무침과 두부 전이었다. 만들기 쉬운 음식이네, 하고 말하는 건 예의가 아닐 것이다. 그러나 두 시간의 노동 치곤 매우 평범해 보였다. 젓가락을 꺼내들어 콩나물 무침부터 맛을 보았다. 나쁘지 않았다. 매콤한 청양고추가 없었다면 약간 심심할 수도 있었다. 두부 전으로 젓가락을 가져갔다. 밀가루가 얇아서 두부를 그냥 먹는 것과 큰 차이는 없었다. 제법 고소한 게 이것 또한 나쁘지는 않았다. 두부의 품질이 좋은 것 같았다. 나는 즉석밥을 전자레인지에 넣고 시간을 맞춘 후 텔레비전을 틀었다. 3분이 지났다. 나는 다른 날처럼 영화를 보면서 점심을 먹었다. 콩나물 무침이 조금 남아서 즉석밥을 하나 더 데워서 비벼 먹었다.

　여사님은 다음 날에도 왔다. 원래 올 필요가 없는 날이었다. 여사님이 들고 온 가방이 제법 묵직해보였다. 뭘 그리 많이 준비해 오셨느냐고 물을까 하다가 경망스럽다는 생각이 들어서 그냥 인사를 하고 방으로 돌아왔다. 평소보다 가슴이 약간 빠르게 뛰는 것을 느꼈다. 잠시 눈을 감고 명상을 했다. 효과가 있었다. 나는 다시 안정을 찾았고 글을 쓰기 시작했다. 오후 두 시에 여사님을 전송했다. 여사님은 밖으로 나가려다 말고 이렇게 말했다.

"음식이 대체로 심심한 편일 거예요."

나는 이렇게 응대했다.

"괜찮습니다. 저 또한 심심한 사람입니다."

여사님은 피식 웃고는 문을 닫았다. 부끄러움에 현관 앞에서 5초 동안 주먹을 쥐고 서 있다가 서둘러 부엌으로 갔다. 반찬 세 가지가 식탁 위에 놓여 있었다. 가지 무침과 볶은 김치와 잡채였다. 면을 좋아하는 나는 잡채부터 맛을 보았다. 여사님 말대로 여전히 약간 심심했다. 그래서 한 번 더 먹었다. 묘하게 끌리는 맛이라 한 번 더 먹었다. 볶은 김치는 향긋하고 깔끔했다. 김치 특유의 자극적인 맛은 없었으나 은은한 맛이 나는 것이 나쁘지 않았다. 셋 중 으뜸은 가지 볶음이었다. 어릴 적 엄마가 자주 해주었던 음식이었다. 여사님은 가지 사이에 고기를 듬뿍 넣었다. 기억 속에 떠오르는 맛과 비슷했다. 나는 즉석밥 두 개를 전자레인지에 넣고 시간을 맞춘 후 텔레비전을 틀었다. 3분이 지났다. 나는 영화를 보면서 점심을 먹었다.

여사님은 금요일에도 왔다. 하마터면 오늘도 반찬을 만드실 거냐고 물을 뻔했다. 입을 절반쯤 열었다가 마지막 순간에 꾹 닫았다. 금요일은 정규 근무일이었다. 그러므로 여사님은 정규 업무인 청소를 위해 온 것이었다. 시간이 남으면 반찬을 만들 수도 있겠지만 그것은 오로지 여사님의 선택에 달린 사항이었다. 나는 방 안으로 들어갔고 글을 쓰기 시작했다. 여사님 말에 따르면 집이 깨끗하니 청소하는 데 그리 오래 걸리지는 않으리라는 생각이 들었다. 그렇다면 남는 시간에. 아니었다. 나는 내 일방적인 희망에 의존한 상상을 곧바로 지우고 일에 몰두했다. 오후 두 시에 여사님을 전송했다. 여사님은 이렇게 말했다.

"주말이라 마른반찬을 좀 가져왔어요. 식탁에 놔두고 먹을 수 있는 음식들이에요."

"고맙습니다. 안 그래도 요즈음 살이 쪄서 고민하고 있었습니다."

여사님은 피식 웃곤 이렇게 말했다.

"선생님도 알고 보면 재미있는 분이네요. 가끔 얘기 좀 해요."

문이 닫히자마자 서둘러 부엌으로 갔다. 마른반찬 덕에 식탁은 성대해 보였다. 식탁 위엔 마른반찬 세 가지, 막 만든 반찬 두 가지가 놓여 있었다. 마른반찬은 오징어채 무침, 꽈리고추를 넣은 멸치볶음, 구운 김이었다. 달래를 넣은 간장은 김을 위해 만든 것일 터. 새로 만든 반찬은 제육볶음과 무 조림이었다. 나는 김 한 장을 간장에 찍어 입에 넣고는 꽈리고추를 먹었다. 오징어채를 손으로 집어 먹은 후 휴지로 손을 닦고는 즉석밥 두 개를 전자레인지에 넣었다. 이번에는 김 한 장을 간장에 찍지 않고 그냥 먹으며 혼잣말을 했다.

"당장 반찬 가게를 차리셔도 되겠네. 심심하니 참 맛있네. 이것도 나름 미스터리 스릴러네. 왜 이렇게 맛있는 걸까?"

나는 텔레비전을 틀고 영화를 보며 밥을 먹었다.

그다음 주에도 나는 반찬 가게 개업을 위한 피험자의 역할을 성실히 수행했다. 첫 주와 달라진 것이 한 가지 있기는 했다. 주말을 앞둔

금요일이었다. 오후 두 시에 여사님을 전송하는데 여사님이 이렇게 말했다.

"혹시라도 먹고 싶은 게 있으면 말해도 돼요."

"지금도 만족스럽습니다. 감사히 여기고 있습니다."

"다 만들 수 있다는 뜻은 아니에요. 그래도 말해주면 한번 고려해 볼게요."

나는 이렇게 응대했다.

"바쁘시지 않으면 오늘은 같이 점심을 드시지 않겠습니까?"

여사님은 피식 웃으며 천천히 신발을 벗었다.

"그 말, 참 빨리도 하네요."

여사님을 초청한 후 나는 곧바로 실수했음을 깨달았다. 진심에서 우러난 초청 행위 자체가 실수였다는 뜻이 아니다. 손님 대접에는 적합하지 않은 즉석밥밖에 없다는 난감한 현실을 외면할 방법이 없었기 때문이다. 이럴 땐 재빨리 고백하는 게 최선이다.

"어떻게 하지요? 마침 쌀이 다 떨어졌습니다. 즉석밥을 드셔야겠습니다."

"괜찮아요, 나도 몇 번 먹어봤는데 맛이 아주 나쁘지는 않더라고요. 편리하기도 하고요."

우리는 식탁에 마주앉아 함께 식사를 했다. 자칫 어색할 수도 있는 상황을 도와준 건 《음식디미방》이었다. 묵묵히 젓가락을 놀리던 여사님이 먼저 말을 꺼냈다.

"디미라는 말, 참 재미있지요?"

디미는 지미(知味)를 그 당시 한글로 표기한 것이었다. 방은 방법이므로 《음식디미방》은 '음식의 맛을 아는 방법'이라는 뜻이 된다.

"인막불음식야, 선능지미야(人莫不飮食也 鮮能知味也)라는 중용의 구절에서 따왔다는 글을 읽고 놀랐습니다. 장계향 여사님께서 중용을 꿰고 있었다는 증거일 테니까요."

"예나 지금이나 똑같은가 봐요. 하루 세끼를 꼬박 먹지만 맛을 알고 먹는 사람은 거의 없잖아요."

나 들으라고 한 말 같아서 씩 웃곤 말머리를 돌렸다.

"《음식디미방》에 고추 요리가 없다는 게 아쉽습니다. 저는 고추를 꽤 좋아하거든요. 매운 청양고추를 라면에 넣어서 먹으면 아주 맛이 좋습니다."

"라면 좀 그만 드세요. 재활용품 통에 차고 넘치는 게 라면봉투예요."

"아, 예."

얼굴이 붉어진 나에게 여사님은 뜻밖의 말을 했다.

"선생님을 비난할 수는 없지요. 사실은 나도 자주 먹어요."

"예?"

"혼자 살면서 매 끼니마다 밥을 차려 먹긴 쉽지 않으니까요. 상을 차리는 거, 그거 의외로 귀찮아요."

전통을 고수할 것 같은 여사님에겐 의외로 탁 트인 구석이 있었다.

말해놓고 보면 별것 아니어도 남에게 고백하기는 쉽지 않은 내용이니까. 아마 한창 때에는 여학생들이 꽤 좋아했을 것 같았다.

"그런데 《음식디미방》엔 저자 이름이 없다는 것 알아요?"

"아, 그런가요?"

처음 듣는 이야기였다. 많은 자료를 읽었건만 그 점은 미처 생각하지 못했다.

"처음부터 끝까지 아무리 살펴봐도 저자 이름이 없어요. 어떤 연구자는 겸손해서 그랬을 거라고 하지만 기껏 책을 써놓고 이름을 숨기다니 좀 이상하지요."

"무슨 이유 때문이었을까요?"

"장계향이 여자라서 그랬을 거라 생각해요."

"여자라서요?"

"네, 여자가 책을 쓰는 걸 별로, 아니 매우 좋지 않게 생각하던 시대였으니까요."

"그렇긴 했죠, 그 시대가 좀 고루했으니까. 시도 못 쓰게 하고 책도 못 읽게 했으니까."

"이현일이라는, 나중에 정승까지 한 유명한 아들이 어머니 장계향을 떠나보내고 쓴 《정부인안동장씨실기》는 읽어보셨죠?"

나는 고개를 끄덕였다. 장계향에 관한 대략적인 사실이 모두 나와 있는 기본 텍스트이니 당연히 읽어볼 수밖에 없다.

"그렇다면 그거 아세요. 그 추모의 글에 《음식디미방》 이야기는 단

한 줄도 없는 거?"

"그런가요?"

이 또한 내가 미처 생각하지 못한 사실이었다. 여사님이 대학원에 다녔던 건 이미 오래전의 일일 것이다. 그런데도 《음식디미방》의 결정적인 특징을 머릿속에 그대로 보존하고 있다. 한심하다. 도대체 나는 뭘 읽고 뭘 생각한 걸까? 그래서 나는 이렇게 대답했다.

"우리가 높이 평가하는 《음식디미방》의 가치를 정작 아들인 이현일은 다루지도 않았군요."

"그래 놓고 《정부인안동장씨실기》 맨 마지막에 피눈물을 흘리며 글을 썼다고 했으니, 참 우습죠? 하긴, 아들이라는 게 원래 그렇기는 해요. 엄마에 대해 전혀 모르면서 다 안다고 생각하죠. 우리 아들도…… 그런데 재미있는 건……."

"뭔가요?"

"《음식디미방》 후기에 장계향 여사의 생생한 육성이 등장해요. '눈이 어두운데 간신히 썼다, 내 뜻을 잘 알아서 이대로 행해라, 이 책 가져갈 생각은 하지도 말고 상하지 않게 잘 간수해라.' 제가 참 좋아하는 글이에요. 이현일이 보지 못한 장계향의 솔직한 마음이 그대로 드러나 있지요. '이 책은 눈이 어두운 내가 온 힘을 다해 쓴 것이다,' 즉 장계향이 흘렸을 피눈물이 그대로 녹아 있는 책이라는 뜻이에요. 이현일이 문자로만 쓴 피눈물이 아닌 장계향의 삶에서 비롯된 진짜 피눈물 말이에요. 장계향은 그 소중한 책을 후손들에게 맡기면서 여인네가 쓴 글이라고 소홀하게 다루다 잃어버리지 말고 제발 잘 간직해 달라고 두 손 모아 애원을 하고 있는 거라고요."

홍분한 여사님의 입에서 밥풀 한 알이 튀어나왔다. 나는 고개를 살짝 돌려 못 본 척했다. 다시 고개를 원위치로 되돌렸을 땐 튀어나왔던 밥풀은 이미 사라지고 없었다. 여사님이 물었다.

"이런 내 이야기만 했네요. 혹시 쓰시는 이야기 잠깐 설명 좀 해주실 수 있어요?"

나는 거절의 말을 하려다 마음을 바꿔 먹었다. 글을 보여주는 것도 아니고 개요만 들려주는 것이니 큰 문제는 없을 것 같았다.

"죽기 얼마 전의 장계향 앞에 사람들이 나타나 음식을 만들어달라거나 만들어주는 이야기입니다."

"재미있는 설정이네요. 주로 어떤 사람들이 나타나는데요?"

"남편, 아들, 딸, 이웃, 고아 같은 이들이지요. 그들의 공통점은……."

"뭔데요?"

나는 잠깐 망설이다가 대답을 하기로 했다. 여사님이 다른 곳에 가서 내 이야기를 퍼뜨릴 것 같지는 않았으니까.

"이미 죽은 이들입니다."

여사님은 내 얼굴을 빤히 쳐다보았다. 그러다가 고개를 끄덕였다.

"그렇다면 그 음식들은 제사 음식이로군요."

"그런 셈이지요. 산 자는 죽은 자를 기리고, 죽은 자는 산 자를 축복하는, 일종의 흠향인 셈이지요."

여사님은 무인양품에서 태어난 뻐꾸기가 세 시를 알리는 소리를 듣고는 자리에서 일어났다. 커피를 권하자 시간을 더 뺏고 싶지 않다는 대답이 돌아왔다. 어차피 인스턴트 커피였다. 거듭 권할 만한 것은 못 되었다. 나는 그럼 다음에도, 하고 말했고 여사님은 웃으며 고개를 끄덕였다.

그다음 주에도 여사님의 반찬 가게 개업 프로젝트는 계속되었다. 우리는 함께 밥을 먹었고, 커피를 마셨고, 이야기를 나누었다. 알고 보니 여사님은 이야기를 잘하는 사람이었다. 거북하지 않을 주제를 골라내는 능력도 뛰어났고, 이야기의 깊이를 조절하는 기술, 그리고 이야기를 바라보는 시선 또한 발군이었다. 말재주가 없는 내가, 사람들과 말하기를 몹시 싫어하는, 거의 혐오하는 내가 여사님 앞에서는 비교적 많은 말을 한 이유였다. 그렇게 삼 주를 보내다 보니 여사님이 꼭 엄마 같은 느낌마저 들었다. 물론 여사님과 돌아가신 엄마와는 여러 면에서 참 많이 달랐다. 우리 엄마는 이화여대를 나오지도 않았고, 이야기의 수위를 조절하는 방법도 몰랐다. 할 줄 아는 음식도 몇 가지밖에는 없었다. 하도 똑같은 반찬만 계속 나오는 통에 웬만해서는 반찬 투정을 하지 않는 나조차도 엄마, 쫌…… 하고 얼굴을 찌푸린 적이 있었으니. 그럼에도 여사님은 꼭 엄마 같았다. 석 달 전만 해도 존재조차 몰랐던 사람에게 그런 마음을 느끼다니 생각해보면 참 이상한 일이었다. 나는 반찬 때문이라고 생각했다. 여사님이 만들어주신 심심한 반찬이 여사님과 내 사이를 가깝게 만들어주었다고, 어쩌면 여사님도 나와 비슷한 느낌을 받았을지도 모른다고, 수준 낮은 작가들이 그렇듯 독자는 무시하고 내 마음대로 앞뒤 이야기를 만들어 생각했다.

이제 지난 금요일을 말해야 할 때가 되었다. 두 시가 되어 여사님과 함께 식탁에 앉았을 때만 해도 그 이후 벌어질 일에 대해서는 전혀 예측하지 못했다. 미리 눈치를 챘어야 했다. 다른 날들과 다른 점 몇 가지가 관찰력 떨어지는 내 눈에도 곧바로 들어왔으니까. 식탁 한쪽에 층층이 쌓아놓은 마른반찬 용기가 첫 번째였다. 손가락으로 세어보니 7층이었다. 마른반찬 일곱 개가 새로 생겼다는 뜻이었다.

"너무 많이 하신 거 아닙니까?"

"두고 먹어요. 금방 상하는 것들도 아니니까."

여사님이 만든 반찬도 평소보다 숫자가 많았다. 고등어구이, 잡채, 불고기에 감자전까지 있었다. 다른 날과 가장 달랐던 건 흰 공기에 담긴 밥과 미역국이었다.

"유기농 고시히까리로 지은 밥이에요. 내가 편견이 워낙 심한 사람이라 일본이라는 나라는 별로 좋아하지 않지만, 쌀은 참 훌륭해요."

가스레인지를 보았다. 못 보던 물건 두 가지가 눈에 띄었다. 10킬로 그램짜리 쌀 포대가 가스레인지 왼쪽에 세워져 있었고, 가스레인지 위에는 못 보던 무쇠밥솥이 위압적인 존재감을 자랑했다.

"저 밥솥은 제가 쓰던 건데 밥맛이 괜찮답니다. 누룽지도 생기니까 숭늉도 만들 수 있고요."

숭늉이라는 말에 군침이 돌았다. 진짜 누룽지로 만든 숭늉을 먹어 본 게 고조선 멸망하던 때의 일처럼 멀게만 느껴졌다.

"그렇게 좋은 무쇠밥솥을 저한테 주시면 안 되는 거 아닙니까?"

"아무 말 말고 그냥 써요."

식사 전에 반찬과 누룽지를 두고 나누었던 말들을 제외하면 그날 여사님은 대체로 조용했다. 여사님답지 않게 좀처럼 입을 열지 않아서 재주 없는 내가 먼저 나서야 했다. 그러나 여사님은 내 질문에도 단답형으로만 응대했다. 그 바람에 이야기는 좀처럼 이어지지 못했다. 무슨 좋지 않은 일이라도 생긴 건 아닌가 싶었다. 그렇지 않고서야 사람의 태도가 이토록 확 바뀔 수는 없었다. 사생활에 간섭하지 않는다는 무언의 원칙을 내내 지켜왔지만 같이 밥을 먹는 사람으로서 마냥 모른 체하기는 좀 그랬다. 이왕 작정한 것, 나는 정면 돌파를 시도했다.

"좋지 않은 일이 생긴 거죠? 저한테 이야기해 주세요. 혹시 도움이 될 수도 있으니까요."

여사님은 고개를 가로저었다. 나쁜 일이 생긴 적이 없다는 것인지, 어차피 내가 도움이 될 리가 없다는 것인지는 확실하지 않았다. 무엇이 되었건 말하고 싶은 마음이 전혀 없다는 뜻인 것만은 확실했다.

갑자기 기분이 확 나빠져서 마음에도 없는 말을 내뱉었다.

"왜 그러세요? 혹시 그만두시려고요?"

여사님은 나를 보며 천천히 고개를 끄덕였다. 깜짝 놀라서 예? 하고 물었다. 여사님이 숟가락을 살짝 내려놓고 말했다.

"맞아요, 이제 그만두려고 해요."

"왜 그러세요? 제가 뭘 잘못했나요?"

"잘못하긴요! 선생님과는 관계없는 일이에요."

"반찬 가게를 시작하시려는 건가요?"

"아뇨, 반찬 가게 차릴 생각은 처음부터 없었어요."

"금호동에 차리신다면서요?"

"금호동은 가본 적도 없어요. 거짓말을 한 거예요."

도대체 무슨 일이냐고, 그래도 명색이 고용주인데 이유라도 알아야 하지 않겠느냐고 다그치듯 묻자 여사님은 씁쓸히 웃으며 이렇게 털어 놓았다.

"다음 주 월요일에 미국으로 가요."

미국에는 여사님의 아들이 있다고 했다. 미네소타 대학교에서 심리학을 가르친다는 아들은 여사님에게 오래전부터 함께 살자고 요청해 왔는데, 미루고 또 미루다가 마침내 아들의 말을 따르기로 결정했다고 했다. 걱정했던 것처럼 나쁜 일은 아니라서 다행이었다. 헤어진 가족의 결합은 축복받아 마땅한 일이었다.

"혹시 몰라 아직 집을 남겨놓기는 했어요. 사정 봐서 처리하려고

요. 집이 있고 아는 사람들도 몇 명 있으니 당분간은 일이 년에 한 번
쯤 오기는 할 거예요. 하지만 다른 가족이 있는 것도 아니고……."

그 아는 사람들 중에 나도 포함되는지 묻고 싶었다. 나는 묻지 않
았다. 대신 이 집에 처음 일하러 왔을 때는 어떤 상황이었느냐고 물
었다. 아들이 강권하다시피 해서 가기로 마음은 먹었으나 구체적인
날짜는 확정 짓지 않은 상태였다는 답이 돌아왔다. 기묘한 배반감이
가슴 깊은 곳에서 올라왔다. 어차피 내게 할애된 기간은 3개월뿐이
었던 것이다. 여사님이 말했다.

"미안해요."

"저한테 미안해하실 일이 뭐가 있습니까? 종신 계약을 맺었던 것도
아닌데요."

"그래도요."

"가족과 함께 사는 것이 여러모로 좋지요. 저는 단지 고용주일 뿐
입니다. 게다가 자격도 없어요. 집이 너무 깨끗하니까."

"난 미국을 별로 좋아하지 않아요. 미국이 아무리 좋다고 해도 결
국 남의 나라일 뿐이니까. 내가 이 나이에 미국에 가서 도대체 뭘 하
겠어요?"

"반찬 가게는 어렵겠지요?"

내 농담에도 여사님은 웃지 않았다.

"집에서 손자 손녀 돌보는 것 말고 할 일이 도대체 뭐가 있겠어요?
더군다나 LA도 아니고 미네아폴리스라는데…… 미네아폴리스에 대

146

해 잘 아세요?"

나는 말없이 고개만 저었다. 미네아폴리스에 대해서는 잘 모르지만 미네아폴리스에 대한 여사님의 생각은 옳을 것이다. 이화여대를 나온 멋쟁이 가정 선생님의 가치를 알아주는 사람을 미네아폴리스에서 만나기란 쉽지 않을 것이다. 미네소타 주 근처에도 못 가본 처지라 단언하기는 어렵지만 여사님의 진정한 가치를 알아주는 사람은 미네아폴리스에는 단 한 명도 없을 것이다.

침묵 속의 식사를 마치기 전에 여사님은 내게 왜 혼자 사느냐고 물었다. 나는 이십대 후반에 결혼을 했다가 3년 만에 이혼했으며, 부모님은 이미 다 돌아가시고 안 계시다고 솔직히 털어놓았다. 여사님은 아무 말도 하지 않았다. 쯧쯧 소리를 내지도 않았고 눈물을 보이지도 않았다. 그 점은 역시 여사님다웠다. 여사님은 대신 이렇게 말했다.

"《음식디미방》에 밥과 국 만드는 법은 나와 있지 않다는 것, 알고 있지요?"

"물론입니다."

"우리의 장계향 여사님이 밥과 국을 못 만들어서가 아니지요. 밥과 국을 만드는 법은 그 시대 사람들에겐 숨을 쉬는 것과 똑같아서 굳이 소개할 필요가 없었기 때문이지요. 이런 말 할 처지는 아니지만 다른 건 몰라도 밥은 가끔 해서 먹어요. 국까지 만들어 먹으라고는 말 못하겠네."

나는 알겠다고 했다. 여사님은 커피를 마신 후 자리에서 일어났다.

현관으로 가려다가 발걸음을 잠깐 멈추고는 이렇게 물었다.

"평생 음식을 만들기만 한 장계향의 삶이 도대체 무슨 의미일까요?"

쉽게 대답할 수 없는 질문이었다. 내게 열 시간의 여유가 주어진다 해도 사정은 별로 달라지지 않을 것 같았다. 여사님은 자문자답을 했다.

"작은 선행이었던 것 같아요. 장계향 식으로 세상에 기여한 것이지요."

그게 여사님의 마지막 말이었다.

우리는 요란스러운 이별 의식을 치르지는 않았다. 당연했다. 여사님과 나는 고용주와 고용인일 뿐이었으니. 만난 기간이라 해봤자 겨우 삼 개월일 뿐이었으니. 우리는 핏줄을 나눈 가족도, 뜻을 같이하는 친구도 아니었으니. 여사님은 그럼, 하고 짧게 고개를 끄덕여 보이고는 문을 열었다. 나는 그보다는 정중한 예의로, 옛 방식대로 허리를 깊게 숙이고 여사님을 보냈다.

문이 닫히자마자 나는 핸드폰을 들었다. 여사님을 소개해준 지인에게 따지기 위함이었다. 지인은 전화를 받지 않았다.

화요일인 오늘 나는 오후 두 시까지 일을 한 후 방에서 나와 밥을 먹었다. 즉석밥을 데운 후 텔레비전을 켜고 마른반찬들과 함께 먹었다. 마른반찬은 며칠 전에 먹었던 것만큼 맛이 좋지는 않았다. 나는 즉석밥 한 그릇도 다 비우지 못했다. 서너 숟갈을 어렵게 입에 넣곤 남은 밥은 그대로 쓰레기통에 버렸다. 버리는 김에 마른반찬들도 다

버릴까 하다가 그러지 않기로 했다. 아무리 여사님이 미워도 정성이
담긴 음식을 버리다니. 차마 그렇게는 할 수 없었다. 나는 커피 한 잔
을 들고 거실 소파로 옮겨가 텔레비전을 보았다. 오늘따라 영화도 별
재미가 없었다. 텔레비전을 끄고 리모컨을 던지듯 내려놓았다. 나는
다시 방으로 가 노트북을 켜고 구글 사이트에 접속했다. 검색창에 미
네아폴리스를 쳤다. 육천구백이십만 개의 내용이 검색되어 나왔다.
그중 하나를 클릭해 볼까 하다가 이내 포기하고 구글 사이트를 닫았
다. 생각해보니 나는 미네아폴리스에 대해 전혀 궁금하지 않았다. 지
금쯤은 미네아폴리스에 도착했을 전직 가정 선생님에 대해서도 조금
도 궁금하지 않았다. 나는 노트북을 닫고 여사님이 남긴 마지막 말을
명상했다. 작은 선행.

　명상은 오래 걸리지 않았다. 나와는 전혀 관계없는 말이었다.

　한 달 전만 해도 내 일상은 평화로웠다. 세상에 기여한 바가 전혀
없으니 노벨 평화상은 꿈도 꾸지 않았다. 그러나 적어도 내 일상만큼
은 평화, 그 자체였다. 비록 가짜이기는 해도 완벽했던 것 하나만큼
은 틀림없는 사실이었다.

주니어김영사 청소년 문학 13

장계향, 조선의 맛을 글로 쓰다

1판 1쇄 발행 | 2019. 12. 27.
1판 2쇄 발행 | 2020. 8. 17.

설흔 지음

발행처 김영사
발행인 고세규
편집 허현정 디자인 김동희 마케팅 서영호 홍보 박은경 길보경
등록번호 제 406-2003-036호
등록일자 1979. 5. 17.
주소 경기도 파주시 문발로 197(우-10881)
전화 마케팅부 031-955-3100 편집부 031-955-3113~20
팩스 031-955-3111

값은 표지에 있습니다.
ISBN 978-89-349-9995-9 43810

좋은 독자가 좋은 책을 만듭니다. 김영사는 독자 여러분의 의견에 항상 귀 기울이고 있습니다.
전자우편 book@gimmyoung.com | 홈페이지 www.gimmyoungjr.com

이 도서의 국립중앙도서관 출판시도서목록(CIP)은 서지정보유통지원시스템
홈페이지(http://seoji.nl.go.kr)와 국가자료공동목록시스템(http://www.nl.go.kr/kolisnet)에서
이용하실 수 있습니다. (CIP제어번호 : CIP2019051639)

어린이제품 안전특별법에 의한 표시사항

제품명 도서 제조년월일 2020년 8월 17일 제조사명 김영사 주소 10881 경기도 파주시 문발로 197
전화번호 031-955-3100 제조국명 대한민국 ⚠주의 책 모서리에 찍히거나 책장에 베이지 않게 조심하세요.